Nel Regno della Notte

EDICART

EDICART è un marchio EDICART Style
Via Jucker, 28 - Legnano (MI) - Italia

Titolo originale: *The Night's Realm*
Traduzione dall'inglese di *Gioia Sartori*

www.edicart.it

"Mi sento magnifico, fatale, e per la prima volta nella mia vita, invulnerabile ai pericoli della notte" *Laurie Lee*

Avete paura del buio? Be', dovreste. Forse pensate di essere immuni ai terrori della notte, ma non lo siete. Nessuno lo è.

Sono il Mago, signore del Regno della Notte: la mia oscura fortezza si estende a perdita d'occhio. Ho centinaia di bambini al mio servizio, ma non mi bastano. La loro paura è la mia linfa vitale: mi dà potere.

Secondo uno dei miei fidati stregoni, ce ne sono molti altri pronti a essere presi. Siete tra questi? Tra poco, nell'ora più buia della notte, potrei venirvi a prendere. E quando vi avrò qui, sarete miei per sempre.

1

Di ritorno da scuola, mentre attraversava il parco con il suo amico Tom, Billy Jones calciava una vecchia pallina da tennis.

"Non ci credo!" disse, lanciando in aria la pallina. "Dici sul serio?"

Quel sabato sarebbe stato il compleanno di Tom, e i suoi genitori gli avrebbero regalato una X-Station.

"Allora, t-ti v-va di venire a casa mia?" chiese l'amico, balbettando un poco come suo solito.

"Certo" rispose Billy, afferrando la pallina per infilarsela in tasca. "Non mi perderò una giornata davanti ai videogiochi."

I due bambini uscirono dal cancello del parco e imboccarono una via costeggiata di botteghe che si inerpicava su per la collina.

"Aspetta un attimo" disse Billy, davanti a una drogheria sull'angolo della strada, tastandosi le tasche alla ricerca di qualche moneta.

Spinse la porta e andò dritto al reparto delle caramelle. Prese un sacchetto delle sue preferite e le portò alla cassa. Di solito c'era la signora Rutland, ma quel giorno la sostituiva un anziano tutto malandato. Aveva un aspetto strano, e Billy dovette fare lo sforzo di non fissarlo.

Lo sconosciuto aveva un naso così lungo e un mento così appuntito che quasi si sfioravano tra di loro. La sua testa pelata era rugosa come una prugna secca. Se Billy avesse creduto a quel genere di cose, l'avrebbe scambiato per un mago cattivo o uno stregone.

"Salve! Non c'è la signora. Rutland?"

chiese Billy, sforzandosi di non arricciare il naso.

Il vecchio emanava un forte odore di muffa.

"Non sta bene, purtroppo" rispose. Respirando dalla bocca emetteva un suono

simile a quello di un tubo ingorgato. Esaminò Billy con attenzione. "Finché non si riprenderà, ci sarò io al suo posto."

Mentre il vecchio passava sotto lo scanner il sacchetto di Billy, Tom aspettava il suo turno con una lattina di coca in mano.

"Una sterlina e venti centesimi" disse il cassiere, ma quando Billy fece per prendere il sacchetto lui lo afferrò senza mollare la presa. Poi guardò in faccia il bambino con occhi scuri come pozzi senza fondo. Quello sguardo sembrò durare in eterno, e un Billy sentì un brivido glaciale lungo la schiena.

Infine, con un sorriso malizioso, l'uomo lasciò il sacchetto. Dopo aver pagato, Billy si precipitò fuori. Sentì un leggero bruciore al polso e si accorse di essersi graffiato. Notò un piccolo segno rosso a forma di V. Frastornato, fece qualche respiro profondo per calmarsi.

Tom lo raggiunse qualche secondo dopo.

"C-c-che cosa voleva?" chiese, stappando

la lattina e bevendo a grandi sorsate.

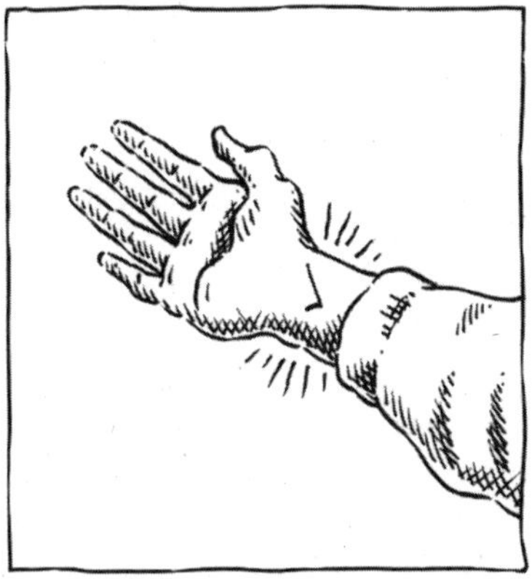

"Non ne ho idea" rispose Billy, che alla luce del sole cominciava a sentirsi meglio. "Che tipo strano, però!"

Tom aggrottò la fronte e si osservò il polso. "Mi sono graffiato" disse, leccandosi la ferita.

"Anch'io" disse Billy. "Saranno state le unghiacce di quel vecchio. Sembravano artigli."

"Può darsi" disse Tom, scolandosi la coca cola e buttando la lattina nel bidone più vicino. "Comunque. S-s-sabato vieni per le dieci e mezzo?"

"Certo" rispose Billy.

"Fantastico" rispose Tom. "E mia madre ha detto che puoi restare da me, così se non facciamo troppo rumore, potremo giocare tutta la notte!"

"Vuoi dire rimanere a dormire?" chiese Billy, con un'improvvisa stretta allo stomaco.

"Sì. Qual è il problema?"

"Non posso" rispose Billy. Cominciò a sentire un prurito e il cuore che gli batteva a mille. "Io... ehm... mi è venuto in mente adesso che questo weekend ci saranno i miei cugini, dovrò stare con loro."

"Stai s-s-scherzando, vero?" chiese Tom.

"Mi dispiace" rispose Billy, scusandosi con un'alzata di spalle, mentre sentiva montare un'enorme ondata di sollievo. "Magari mi fermerò un'altra volta."

"Come vuoi" disse Tom, deluso. "Ci vediamo domani a s-s-scuola."

"Scusa" disse di nuovo Billy, mentre ognuno prendeva la sua strada. Poi superò il cinema e arrivò a Merlin Place, rosso di vergogna.

Detestava il fatto di dover mentire al suo migliore amico solo per sfuggire a una situazione che non riusciva ad affrontare, ma non voleva diventare lo zimbello della classe.

Perché la verità era che Billy Jones aveva paura del buio.

* * *

Billy aveva sempre avuto paura del buio, ma negli ultimi tempi si era ingigantita. Aveva cominciato a vedere creature che si nascondevano nelle tenebre della sua stanza: creature striscianti, brulicanti che gli paralizzavano i muscoli in una morsa di terrore e gli bloccavano il respiro nel petto. Si vergognava e si sentiva stupido. Ecco perché di notte teneva sempre una luce accesa, ed ecco perché non poteva rimanere a dormire da Tom.

"Ciao, mamma!" esclamò Billy, mentre entrava in casa lasciando cadere a terra lo zaino.

"È stata una bella giornata a scuola?" chiese mamma, come sempre.

"Oh, fantastica!" rispose Billy in tono sarcastico. Non parlò del compleanno di Tom, altrimenti lei avrebbe tentato di convincerlo a dormire da lui. I suoi genitori sapevano che aveva un problema con il buio, ma non avevano idea di quanto fosse grave.

Billy cercava di non pensare alla notte incombente, ma mentre giocava al computer nella sua stanza, il cielo si faceva sempre più scuro e le ombre si allungavano e strisciavano per le strade della città. La serata passò in un soffio e arrivò troppo presto il momento in cui il padre urlò la frase che più temeva:

"È ora di dormire, Billy."

"Ok" rispose lui con voce tremula. Ogni sera era la stessa storia. Prima di andare a letto le sue paure cominciavano a ribollirgli dentro. Cercò di temporeggiare il più possibile, ma dopo essere stato chiamato due volte e aver ricevuto un avvertimento, si preparò e scese le scale.

Mamma e papà erano seduti sul divano, davanti alla tivù.

"'Notte" disse Billy.

"Buonanotte, dormi bene."

Billy rimase sulla soglia della porta. Il suo cuore cominciò a battere forte mentre cercava disperatamente un modo per rimandare l'inevitabile momento di salire le scale.

"Forza, Billy" lo incoraggiò suo padre. "Domani devi andare a scuola."

"Ok" mormorò lui con un filo di voce. Diede un bacio ai genitori e si avviò piano piano verso la sua stanza. Si sentiva solo e indifeso. Arrivato in camera, sbirciò sotto il letto per controllare che la torcia e la mazza da cricket fossero a portata di mano. Poi si infilò sotto le coperte, con la vana speranza di non avere un altro attacco di panico durante la notte. Lesse finché riuscì a tenere gli occhi aperti e alla fine scivolò in un sonno irrequieto.

2

Bum! Billy sentì un gran fracasso provenire dalla finestra e si drizzò di scatto con gli occhi spalancati e il cuore che batteva all'impazzata. Era notte fonda e c'era una figura accovacciata sul davanzale! Si muoveva oltre le tende, proiettando ombre sulla parete della stanza. Billy si sfregò gli occhi assonnati e quando guardò di nuovo, la sagoma non c'era più.

Tirò un sospiro di sollievo, ma ora le ombre nella sua stanza si facevano più lunghe e profonde, e le pareti sembravano chiudersi su di lui. Sentiva un sibilo leggero e minaccioso,

come se vicino a lui ci fosse un enorme pitone.

L'aria si raggelò e il cuore di Billy cominciò a battere forte. Sentì la trapunta muoversi e qualcosa di appiccicoso afferrargli la caviglia.

"Vai via!" urlò, scalciando con l'altro piede e scagliandogli contro il primo oggetto che gli capitò sottomano. Ci fu un sibilo infastidito e sul pavimento strisciò una sagoma scura, che scomparve nelle tenebre, in un angolo della stanza.

"Papà!" gridò Billy. "Aiuto!"

Accese l'abat-jour mentre suo padre arrivava di corsa.

"Che c'è?" gli chiese con voce sonnolenta, ancora mezzo addormentato.

"C'è qualcosa lì" disse Billy affannato, con il dito puntato verso l'angolo. "Mi ha preso il piede. Ha cercato di trascinarmi giù dal letto."

"Oh, Billy" sospirò suo padre. Andò nel punto indicato, sollevò uno scatolone pieno di vecchi giocattoli e guardò sotto l'armadio.

"Intendi un topo o qualcosa del genere?" chiese, frugando sotto il mobile con una gruccia.

"No, qualcosa di più grosso" rispose Billy.

"Qui non c'è niente, Billy, proprio niente. Vieni a vedere."

Guardingo, Billy scese dal letto e si avvicinò. Papà aveva ragione.

"Era solo un incubo" gli disse. "Ok?"

"Ok" disse Billy, confuso e un po' in imbarazzo per tutto il trambusto che aveva causato.

Nella stanza entrò mamma, con i capelli scompigliati e una tazza di cioccolata calda in mano.

"Non c'è niente di cui aver paura, Billy" gli disse, sedendosi sul bordo del letto. "Bevi, ti tranquillizzerà."

Billy tornò a letto e prese la tazza.

"Hai tanta fantasia" gli disse mamma con un sorriso.

Billy annuì senza troppa convinzione. Guardò la finestra. Naturalmente non c'era nulla. Era stato solo un sogno? Difficile a dirsi: con mamma e papà nella stanza, tutto sembrava tornato alla normalità. Ma la figura sul davanzale sembrava essere spaventosamente reale.

Con un sospiro Billy finì la cioccolata e si adagiò sul cuscino.

"Ti senti meglio?" chiese mamma. Poi tirò su la trapunta e gli diede un bacio sulla guancia.

Billy annuì.

"Bene. Rannicchiati e dormi un po', altrimenti domattina sarai stravolto." Spense la luce e tornò a letto, ma papà era ancora in corridoio.

"Ho una cosa per te" sussurrò con fare misterioso quando mamma uscì. Billy lo sentì rovistare in un armadio.

Quando si affacciò alla porta della sua

stanza teneva in mano qualcosa. “Questo ti aiuterà” disse con un sorriso incoraggiante, e diede a Billy un oggetto tondo e piatto.

“È un orologio!” disse Billy.

“Sì. Un orologio da taschino” specificò papà.

Billy lo sollevò e lo fece girare, in modo che riflettesse la luce. Sul quadrante bianco c’erano grandi numeri coperti da una lucente cupola di vetro. In mezzo c’era una finestra a mezzaluna con un cielo notturno smaltato. Sul retro, che sembrava molto più antico rispetto al resto dell'orologio, era incisa l'immagine di una spada e di un sole bronzeo.

Sul un lato c'era un piccolo pulsante. Billy lo premette e l'orologio si aprì.

Dentro c'era una semplice piastra con una serie di viti. Ma sulla parte interna del coperchio sul retro c'erano incisioni elaborate come quelle esterne, che rappresentavano il sole su uno scudo araldico.

"Wow! È pazzesco!" esclamò Billy, chiudendo il coperchio. L'orologio era liscio e gradevole al tatto, ma non aveva ben capito perché papà gliel'avesse dato.

"Si tratta di un talismano: una specie di portafortuna" disse. "L'hanno dato a tuo nonno quando era in viaggio, da giovane."

"Gliel'hanno dato? Chi gliel'ha dato?" chiese Billy, incuriosito da chi potesse regalare un oggetto così straordinario.

"Be', in realtà l'ha comprato" disse papà. "Da uno stregone vecchio e decrepito che vendeva cianfrusaglie in un bazar orientale. Gli ha detto che la spada era il simbolo di un antico ordine di cavalieri e che chiunque portasse con sé l'orologio sarebbe stato protetto."

"Va bene, ho capito. Immagino fosse solo un truffatore con migliaia di orologi identici" disse Billy con un sorriso scaltro.

"Lo pensavo anch'io" rispose papà. "Ma tuo nonno ci ha tenuto a dirmi che gli era stato d'aiuto in un momento molto buio."

"Che genere di momento buio?" chiese Billy, incuriosito.

"Non me l'ha mai svelato" disse papà, fissando il vuoto come se stesse richiamando alla mente un ricordo molto lontano. "Mi ha regalato l'orologio quando a scuola dei bulli mi avevano preso di mira."

"Non sapevo che avessi avuto problemi di questo tipo" disse sorpreso Billy.

"Non mi piace parlarne" rispose papà.

"Era una situazione molto brutta."

"Ha funzionato... l'orologio ti ha protetto?"

"Ci puoi scommettere" rispose papà con un sorriso compiaciuto.

Billy avrebbe voluto saperne di più, ma proprio in quel momento sentì la voce di mamma dalla stanza accanto. "Dai, Ted. Lascia dormire Billy. Domani c'è scuola."

"Devo andare!" disse papà.

Billy aveva il dubbio che si fosse inventato tutta quella storia solo per farlo sentire meglio, ma l'orologio era bellissimo, quindi lo appoggiò sul comodino e ritornò sotto le coperte.

"Grazie, papà" disse. "'Notte."

"Buonanotte, Billy" rispose lui, arruffandogli i capelli. "Ricorda: tutti abbiamo paura di qualcosa, ma non c'è paura così grande da non poter essere superata."

"Buonanotte" ripeté Billy, mentre papà

spegneva la luce e tornava a dormire.

Billy si girò su un fianco e chiuse gli occhi, ma per quanto ci provasse, non riusciva a prendere sonno. Aveva troppi pensieri in testa.

Se la creatura nella sua stanza era soltanto frutto dell'immaginazione, com'era possibile che sentisse ancora male nel punto in cui

l'aveva afferrato? Si tirò su il pigiama e si guardò il piede alla luce dell'abat-jour. La pelle era decisamente arrossata in quel punto.

"Lo sapevo" si disse Billy. Poi sentì un cane abbaiare con foga, uscì dal letto e si precipitò alla finestra.

Scostò un angolo della tenda e sbirciò nel buio. La strada stretta, illuminata dalla pallida luce arancione dei lampioni, era deserta. Ma di fronte a lui, nel deposito del signor Taylor, Janus, il cane da guardia, stava facendo un pandemonio, abbaiando e grattando con le zampe sull'alto cancello.

Con la coda dell'occhio, Billy notò un movimento, quasi impercettibile nel buio. Era la sagoma di una persona? Difficile a dirsi...

Più visibile era la creatura dalla pelle cerea e dai capelli arruffati ai suoi piedi!

Era più grande di un bambino, ma più piccola di un uomo adulto. A Billy venne la pelle d'oca: era un essere da incubo, una delle creature striscianti, brulicanti che più lo terrorizzavano nelle sue fantasie.

"Eccolo! Ecco che cosa mi ha afferrato" sussurrò Billy, con il cuore che batteva all'impazzata mentre le figure scomparivano in un vicolo tra le case. Quando se ne andarono, Janus smise di abbaiare.

Ancora tremante, Billy tornò a letto. Non sapeva che cosa pensare. Non poteva svelare a nessuno le sue paure. I suoi amici l'avrebbero soltanto preso in giro. Essere terrorizzati dal buio alla sua età: che pappamolla! E a ogni incubo mamma e papà gli dicevano che era frutto della sua immaginazione o gli chiedevano se fosse preoccupato per la scuola. Ma la verità era un'altra. Quello che vedeva era reale, ne era sicuro.

Billy allungò un braccio fuori dalle coperte e prese l'orologio da taschino del nonno dal comodino. Era bello sentirlo contro il palmo della mano: sembrava un sasso liscio e rotondo. Strizzò gli occhi e sperò che papà avesse ragione: che quell'oggetto lo proteggesse dai terrori della notte.

3

Billy era diventato bravo a scacciare i pensieri in un angolo della mente, ma quella notte spaventosa era sembrata così reale che la mattina dopo, a scuola, era ancora sul chi va là. Durante la ricreazione, mentre erano seduti sul muretto a scambiarsi carte di Robo Warrior, Tom cercò di convincerlo ancora una volta a rimanere da lui a dormire la sera del suo compleanno.

"Dai, sarà pazzesco. P-p-potremo giocare tutta la notte!" disse Tom, ma Billy non aveva nessuna intenzione di cambiare idea.

"Mi dispiace, non posso" disse, con lo

stomaco sottosopra dalla paura, mentre si grattava la ferita a forma di V sul polso, che aveva ricominciato a bruciare.

Poi suonò la campanella e loro si trascinarono in classe, pronti per le lezioni pomeridiane.

Tom rimase in silenzio per tutto il pomeriggio e, mentre tornavano a casa, Billy si accorse che era ancora offeso.

"Sai una cosa?" disse. "Potrei stare da te tutto il giorno. Mamma dice che i miei cugini arriveranno solo all'ora di cena."

"Davvero? Fantastico!" disse Tom, illuminandosi all'improvviso. "Vieni appena puoi. Ho l'ultimo videogioco di Formula 1, e s-s-scommetto che ti straccerò."

"Non credo proprio" rise Billy, lanciando un'occhiata all'interno della drogheria davanti a loro. Gli fece piacere vedere la signora Rutland di nuovo al lavoro e la salutò con un gesto allegro della mano.

"A domani allora" disse Billy, mentre lui svoltava in Merlin Place e Tom imboccava Park Street. Guardò il suo nuovo orologio da taschino.

Erano le quattro e mezzo e la finestrella sul quadrante mostrava un sole radioso in un cielo azzurro. Ottimo: prima di cena c'era tempo per una partita ai videogame.

Corse su per il vialetto, ma prima di arrivare alla porta d'ingresso sentì un forte rumore di sbattere d'ali. Con grande sorpresa vide un uccello intrappolato in salotto. Sbatteva freneticamente contro il vetro nel tentativo di uscire. Era grande – una taccola, pensò Billy – e si trovava evidentemente in difficoltà.

Bam! Billy ebbe

un sussulto quando la taccola colpì la finestra, lasciando una striscia di sangue sul vetro, con i suoi occhietti lucenti pieni di terrore.

"Calma" gridò Billy, certo che la creatura sarebbe morta se non fosse uscita a breve. Aprì la porta di ingresso e si fiondò in casa.

"Mamma, c'è un uccello in casa" urlò, lasciando cadere per terra lo zaino e correndo verso la cucina. Ma sua madre non c'era. "Mamma!" gridò dal fondo delle scale, ma non ricevette risposta. Forse era andata a fare un giro per negozi.

Billy rovistò nello zaino alla ricerca del cellulare: forse mamma gli aveva scritto un messaggio; ma sentiva la taccola schiantarsi contro le pareti del salotto e sbatacchiare le ali rasente la porta. Doveva farla uscire prima che si facesse del male. L'uccello si lanciò in picchiata verso di lui con il becco appuntito aperto in un gracchio stridente. "Craaa!"

"Via!" gridò Billy, e tornò in salotto,

scacciando l'uccello che brandiva gli artigli sospeso in aria. Si precipitò verso la porta, la aprì e corse fuori.

Mentre il pennuto volava via con un'altra stridula risata, Billy aprì gli occhi e rimase pietrificato. Fu scosso da un'ondata di terrore e sentì cedere le ginocchia: era uscito di casa ed entrato nel buio!

* * *

Billy non credeva ai suoi occhi. Era sempre nella sua via: c'era ancora la casa del signor Taylor, e poco più in là il camioncino, come sempre parcheggiato vicino al marciapiede. Ma se un attimo prima il paesaggio era inondato di luce, ora era immerso nel buio. Il silenzio era totale, fatta eccezione per il sibilo del vento. Cos'era successo? Era una specie di eclissi? Con la mano tremante tirò fuori l'orologio da taschino. Segnava ancora le quattro e mezzo, ma la finestrella raffigurava un cielo notturno.

Sentì un nodo di terrore in gola, che gli si

sciolse in bocca in un grido di terrore.

"AIUTOOO! C'è qualcuno? MAMMA, PAPÀ. Per favore, qualcuno mi AIUTI!"

Silenzio. Non ci fu risposta, nessuna finestra si illuminò, nessun cane si mise ad abbaiare.

La strada era su una ripida collina e Billy riusciva appena a distinguere il resto della città alla luce fioca della luna. Ogni cosa era uguale a prima, ma non c'era neanche un lampione acceso.

Poi, quando i suoi occhi si abituarono all'oscurità, ebbe un sussulto di terrore. Un edificio immenso incombeva sulla città come un terribile incubo: era una costruzione di granito e ardesia, minacciosa come una fortezza medievale. Torri e torrette si innalzavano fino a toccare il cielo e imponenti mura merlate invadevano le strade familiari come i tentacoli di una piovra.

Accecato dalla paura, Billy spinse la porta di casa, ma se l'era chiusa alle spalle e ora la chiave non riusciva a girare nella serratura. Corse sul retro, ma anche quell'ingresso era bloccato. Allora prese una grossa pietra e la lanciò contro il vetro smerigliato.

Ma la pietra sbatté con un fragoroso CLANG e cadde a terra. Lo stesso accadde quando Billy tento di infrangere il vetro della porta principale. La casa era impenetrabile.

Era chiuso fuori. Fuori dal suo mondo.

In preda allo sconforto, si accasciò sullo zerbino. Era successo qualcosa di terribile. Si abbracciò le ginocchia e ci affondò il viso, poi le sue spalle furono scosse dai singhiozzi.

4

Piano piano i singhiozzi di Billy si trasformarono in sospiri. Si asciugò il naso nella manica e, con gli occhi gonfi, guardò la città ai piedi della collina. Vide una luce, un bagliore intenso e feroce che brillava lontano. Qualcuno aveva acceso una torcia in cima alla fortezza e le fiamme toccavano il cielo, oscillavano nel vento e facevano cadere scintille lungo le mura.

Billy si alzò e osservò. Era l'unica luce in quel buio immenso e lo faceva sentire ancora più solo. Non sapeva se le fiamme fossero un segnale di speranza o un avvertimento, ma

non aveva nessun altro posto dove andare.

Così, pieno di timori, si incamminò verso la luce.

Billy ora sentiva i suoi propri passi che risuonavano forte. Le sue paure crescevano sempre più, man mano che percorreva le strade della città.

Superò il cinema, con l'ingresso vuoto e cupo, poi passò anche davanti alla drogheria, che ora aveva la porta sbarrata.

I cancelli del parco erano chiusi e persino il distributore di benzina aperto tutta la notte era immerso nel buio.

Tutto era così familiare e al tempo stesso così estraneo: le lacrime tentarono ancora di sgorgare, ma lui le ricacciò giù sbattendo le palpebre e proseguì per la sua strada.

Sbirciò fra le tenebre davanti a sé, con l'orecchio teso a cogliere il minimo rumore. All'improvviso sul marciapiede rotolò una lattina di Coca Cola e lui ebbe un sussulto, ma la luce che oscillava sopra i tetti gli diede il coraggio di andare avanti.

Imboccò gli stretti vicoli oltre la strada principale, e lì il buio si fece più profondo. Billy conosceva bene quella parte della città: la sua scuola era lì vicina, ma ora ogni cosa sembrava diversa, distorta e minacciosa e la sua sicurezza già vacillante si fece ancora più incerta. Poi nelle tenebre qualcosa si mosse e Billy si nascose dietro un muro, con il cuore che gli batteva all'impazzata.

Vicino all'asfalto distingueva una sagoma scura: con sgomento riconobbe la stessa creatura che aveva visto alla finestra della sua stanza.

Sembrava in attesa di qualcosa. Poi da un vicolo laterale arrivarono delle piccole figure incappucciate e, mentre attraversavano la strada illuminata dalla luna, la creatura sgattaiolò dietro di loro.

Billy tirò un sospiro di sollievo, felice che l'essere strisciante seguisse loro e non lui, ma all'improvviso si sentì in colpa. Non avrebbe augurato a nessuno di avere quel mostro alle calcagna.

Tutt'a un tratto ci fu un gran fracasso: una taccola era piombata su un tetto e aveva cominciato a beccare qualcosa che si contorceva tra i suoi artigli. Billy ebbe un tremito, ma strinse i denti proseguì.

La sua scuola, così buia, aveva un'aria

minacciosa: si affrettò a superarla, aspettandosi che qualcosa potesse atterrargli sulla spalla o afferrargli una caviglia da un momento all'altro. Poi girò l'angolo e si trovò di fronte la fortezza. Al posto del centro commerciale, dove un tempo c'erano la biblioteca e il municipio, si ergevano mura immense che si innalzavano nel cielo. L'edificio era così alto che Billy sentì un crampo al collo mentre tentava di scorgerne la cima. Torrette e pinnacoli toccavano le nuvole che velavano la luna come macchie sfuocate. Billy sentiva il ruggito delle fiamme sopra di sé.

Accanto c'era un grande mercato coperto con tre ampie arcate: lì Billy era solito incontrare i suoi amici il sabato pomeriggio.

Ma ormai il padiglione era inghiottito dalle mura della fortezza. Nella pietra erano scolpite creature grottesche che fissavano Billy con occhi malvagi, mentre lui le superava per raggiungere l'arcata centrale. Una fila di lampioni portava a un cortile che dava sull'ingresso principale del castello. La pallida luce davanti a lui aveva un'aria così accogliente in contrasto con la città tenebrosa che Billy attraversò il cortile ed entrò nella fortezza, nonostante la paura.

In quel momento le porte si chiusero sbattendo alle sue spalle. Alcune delle candele che fiammeggiavano nel grande candelabro centrale si spensero, e il salone cavernoso si ritrovò immerso nella penombra. Billy tornò indietro, ma le enormi maniglie d'acciaio erano troppo pesanti. Era in trappola.

Con un sussulto di terrore si guardò intorno alla ricerca di una via d'uscita.

Di fronte a lui due scalinate portavano a una balconata da cui partivano corridoi oscuri in direzioni opposte. A destra e a sinistra c'erano file di porte chiuse, e mentre Billy si chiedeva quale provare ad aprire, la più vicina si spalancò.

Billy indietreggiò sorpreso alla vista di una donna che gli veniva incontro a braccia aperte.

"Ah ah! Un altro bambino!" ridacchiò lei con voce roca e stridula, rivolgendo a Billy un sorriso sbilenco, anzi, un ghigno.

"Ashpettavamo proprio te, ne sono sicura."

Era così decrepita che a ogni movimento la sua pelle scricchiolava come vecchia carta di giornale. I suoi capelli lunghi e dritti erano ricoperti di ragnatele su cui zampettavano insetti. Billy rimase a guardarla imbambolato ed ebbe un sussulto involontario.

"Il gatto ti ha mangiato la lingua? Ih ih ih!" chiese la donna ridacchiando sotto i baffi. Billy rimase in silenzio e lei gli posò la mano ossuta sulla spalla e lo portò nella stanza vicina. In fondo c'era una scrivania e la parete era tappezzata di scaffali pieni di carte e libri.

"Shtai fermo lì" disse, poi si infilò dietro la scrivania e salì su un alto sgabello. Billy era così spaventato che obbedì.

La donna prese una grande boccetta di vetro e si spruzzò addosso un profumo nauseabondo.

A Billy lacrimarono gli occhi, ma la puzza non bastò a coprire l'odore di muffa della donna.

Era un tanfo che Billy aveva già sentito, ma non riusciva a ricordare dove. Poi la vecchia tirò vero di sé un libro enorme, lo aprì e guardò il bambino con i suoi occhi lucenti e iniettati di sangue. Billy rimase di sasso.

"Io sono Morwella, l'archivishta. E tu devi essere... Billy Jones" disse. "È sempre un piacere accogliere nuovi oshpiti, ih ih ih!"

Billy aprì la bocca per rispondere, ma ne uscì solo un suono strozzato! Come diavolo faceva a sapere il suo nome?

"Billy Jones, giushto?"

Lui annuì.

"Ti ashpettavamo" borbottò Morwella, scrivendo sul libro mastro.

"Ascolti, credo ci sia stato un terribile errore" disse Billy, sforzandosi di far uscire le parole. Aveva la gola così secca che quella voce non sembrava nemmeno la sua. Stavo

tornando a casa da scuola e mi sono perso. Che posto è questo?"

La vecchia rinsecchita alzò una mano per indicargli di stare in silenzio e continuò a scrivere. Si leccò un dito e girò pagina: mentre compilava il profilo di Billy lo osservava, e la penna grattava sul foglio sputacchiando inchiostro. “Gracilino, allampanato, nervoso, vulnerabile. Proprio come piacciono a noi. Età?”

“Scusi?” balbettò Billy.

“Età! Quanti anni hai?”

“Dodici” disse Billy. “E mezzo.”

“Dodici” borbottò Morwella con la punta della lingua violacea fuori dalle labbra in un’espressione concentrata.

“E mezzo” aggiunse Billy.

Tutt’a un tratto Morwella si appoggiò alla scrivania e afferrò il braccio di Billy. Lo girò, guardò il graffio sul polso e fece un grugnito soddisfatto.

Come faceva a sapere che ce l’aveva? Si chiese Billy. Lei continuò a scarabocchiare per qualche minuto, poi chiuse il libro di scatto.

“Be’, sono sicura che ti ambienterai preshto” disse, poi agitò una campanella.

"No!" gridò Billy, e quasi svenne dalla paura. Sentì dei passi che si avvicinavano. "Lei non capisce: io devo tornare a casa."

"Ora è queshta la tua casa, bambino, e d'ora in poi ti chiamerai... 5126" disse la vecchietta, controllando sul libro mastro mentre la porta si apriva per fare entrare un uomo davvero stravagante. Era alto e leggermente gobbo, con le braccia lunghe che gli arrivavano alle ginocchia. La sua pelle traslucida sembrava apparire e scomparire nel buio.

"Questo è Ricket, uno dei noshtri acchiappatori" disse Morwella. "Da queshto momento sarà lui a occuparsi di te."

"Un... acchiappatore?!" esclamò Billy mentre fissava quella figura spettrale. "Cosa?

In che senso… 'acchiappatore'?"

"Portalo alla stanza 5126" disse Morwella.

L'uomo cercò di prendere Billy per mano.

"Lasciami! Io non vado da nessuna parte!" gridò Billy, fuori di sé per la paura.

"Obbedisci" ringhiò la strega con aria cattiva. "Non ci piacciono i mocciosi ingrati."

Rickett tese una mano gigantesca, simile a una pala e fissò Billy con occhi vacui e semichiusi. "Muoooviti" disse con voce profonda, strascicando la parola in modo da farla suonare lamentosa come il muggito di una mucca al chiaro di luna.

"Non ci penso neanche" gridò Billy, girandosi, ma l'acchiappatore lo afferrò per il polso e lo trascinò nel salone. Le porte d'ingresso erano di nuovo aperte e il candelabro di nuovo illuminato. Mentre si dimenava e urlava, tirato su per la maestosa scalinata fino al pianerottolo, Billy udì la voce di Morwella dal corridoio sottostante.

"Chi abbiamo qui: un altro oshpite? Ih ih ih!" ridacchiava soddisfatta.

Billy cercò di voltarsi per vedere con chi stesse parlando, ma Rickett lo condusse nel buio, oltre una delle arcate. L'aria si fece stantia e minacciosa, e dalle pareti arrivò un suono basso simile a un sospiro.

L'acchiappatore si mosse silenzioso come un fantasma, e nelle tenebre più profonde, la sua pelle trasparente quasi scomparì. Ma non allentò la presa, e Billy attraversò a forza una serie di stanze, che man mano che avanzavano diventavano sempre più affollate.

C'erano vecchie streghe come Morwella che camminavano su e giù e maghi dai capelli bianchi che uscivano da passaggi oscuri reggendo grandi ceste di panni o brocche da cui uscivano fumi colorati che sembravano illuminarsi nel buio. Appese al soffitto di una stanza c'erano migliaia di gabbie nere di metallo, ognuna contenente una taccola.

Gli uccelli erano in un silenzio spettrale, ma quando si girarono a guardare Billy con le loro pupille immobili, le piume emisero un fruscio, e quel suono gli diede un brivido.

Dalle tenebre cominciarono a emergere altri acchiappatori ciondolanti: tenevano al guinzaglio creature sonnacchiose che trascinavano con fatica. Erano bestie grandi come rottweiler e annusavano il pavimento come enormi aspirapolvere. Una percepì l'odore di Billy e con un verso simile al ruglio di un orso infuriato, si trascinò sulle zampe tozze seguita dall'acchiappatore.

Allarmato, Billy fece un passo indietro mentre l'animale si avvicinava sbavandogli sulle scarpe e facendogli quasi perdere l'equilibrio. Aveva un muso rugoso e occhietti socchiusi che fissavano vacui l'oscurità. La sua pelle aveva il colore del fegato bollito.

"Fermo, non ti muoooovere!" lo avvertì l'acchiappatore, che tratteneva con

fatica la creatura. "Annusatore moltooo pericoloooooso."

Solo allora Billy notò i lunghi artigli della bestia, simili a falci, e rimase immobile finché l'annusatore non fu allontanato. Poi passò un acchiappatore che teneva per mano una ragazzina: all'improvviso il cuore di Billy gli fece un balzo nel petto. Ora non era più l'unico bambino in quel posto infernale.

"Ehi!" gridò.

La bambina si voltò e lo guardò con occhi imploranti.

"Dove sia... *ahi!*" disse Billy, mentre Rickett gli stringeva forte una spalla e lo allontanava dalla bambina per portarlo in uno stretto passaggio, buio e umido come una carbonaia. Echeggiavano grida soffocate: Billy aveva la pelle d'oca. Poi lui e l'acchiappatore girarono l'angolo e si ritrovarono di fronte a una balaustra metallica che correva lungo le pareti interne di una grande torre quadrata.

Billy rimase impietrito. Sopra e sotto di loro c'erano centinaia e centinaia di altre balconate. Ogni piano era illuminato dalla luce spettrale di fiamme tremule che rivelava file di porte massicce. A ogni livello un acchiappatore faceva la guardia e da dietro ogni porta arrivavano grida o lamenti strazianti.

"Che cos'è questo posto?" chiese Billy con un sussulto. Guardò oltre la ringhiera nel

pozzo scuro sotto di loro.

"Caaaaasa" muggì Rickett.

"Stai scherzando" gridò Billy.

Ne aveva abbastanza. Doveva andarsene. "No!" urlò mentre Rickett allungava la mano verso la chiave appesa a una della porte. Billy scalciava e si dimenava, ma non riusciva a divincolarsi dalla morsa d'acciaio dell'acchiappatore.

Rickett sembrava del tutto indifferente alle sue proteste e la sua espressione rimase impassibile mentre apriva la porta, spingeva Billy nella stanza e lo chiudeva dentro. Billy si ritrovò nel buio totale.

"No!" ripeté. All'inizio rimase paralizzato per la paura, poi cominciò a battere i pugni sulla porta. "Fatemi uscire! Fatemi uscire!" gridava, ma le sue urla si mescolavano a quelle provenienti dalle altre celle. Si costrinse a fare qualche passo nell'oscurità, tastando le pareti e aspettandosi che qualcosa lo acciuffasse da un momento all'altro. Ma i muri erano lisci e pian piano Billy cominciò a sentire un odore molto familiare.

All'inizio non riuscì a identificarlo. Era un miscuglio di lucido per scarpe da calcio, uova marce lasciate nel laboratorio di chimica e puzza di calzini sporchi. E poi capì: era l'odore della sua camera da letto! Totalmente confuso, fece ancora qualche passo e picchiò lo stinco su qualcosa di duro.

"Ahi!" gridò. Allungò la mano e toccò un tavolino basso.

È molto strano, pensò. *È proprio nello stesso punto in cui si trova il tavolino della mia stanza...*

Animato da una timida speranza, Billy continuò a esplorare. Se fosse stato nella sua stanza, la libreria sarebbe stata sulla sinistra. Allungò una mano... ed eccola lì! Il letto sarebbe stato davanti a lui. Sì! Sentì la consistenza morbida della trapunta.

In trepidazione, Billy passò la mano sulla parete.

Trovò l'interruttore della luce, lo accese e, abbagliato dall'improvviso chiarore della sua stanza, strizzò gli occhi. Ebbe un tuffo al cuore! Tutto era tornato alla normalità. I giocattoli e i giochi da tavolo erano accatastati in un angolo; i vestiti strabordavano dai cassetti dell'armadio e la console lo aspettava sulla scrivania.

Si precipitò alla finestra, scostò la tenda e guardò fuori. La notte era illuminata dalle luci della città. I fari delle auto spazzavano le strade e Billy riusciva persino a sentire Janus abbaiare nel cortile dall'altra parte della via.

"È stato un incubo!" esclamò Billy, piangendo lacrime di sollievo. "Non c'è nessuna fortezza. Non ci sono streghe né mostri. Sono a casa!"

Era così felice che riuscì a non chiamare mamma e papà: aveva affrontato la paura da solo. Ora sentiva i passi di mamma che chiacchierava con papà al piano di sotto.

Avrebbe voluto scendere a raccontare il suo terribile sogno. Papà gli avrebbe arruffato i capelli e mamma l'avrebbe stretto in un abbraccio rassicurante. Ma quella spaventosa disavventura l'aveva sfinito, così crollò sul letto.

Era così esausto che subito cadde in un profondo, profondissimo sonno.

5

Billy si svegliò e i suoi occhi sonnolenti misero a fuoco lentamente la stanza. Dalla fessura tra le tende entrava un raggio di sole dorato e lui rimase accoccolato sotto la trapunta ancora per qualche minuto. Ogni cosa era tornata alla normalità: ora poteva scacciare dalla sua mente i terrori della notte.

Da un punto imprecisato arrivavano dei colpi: probabilmente era il vecchio bollitore che scaldava l'acqua per il bagno. Papà continuava a dire che ne avrebbe comprato uno nuovo. Ed eccolo che cantava stonato sulle note di un brano alla radio. Fuori dalla porta Billy sentì un rumore rassicurante di stoviglie.

Oh, fantastico, pensò, appoggiandosi sui gomiti. Mamma gli stava portando una tazza di cioccolata calda. Il sabato gli portava sempre la colazione a letto. Di solito era il giorno dell'allenamento di calcio, ma quel sabato era il compleanno di Tom e non voleva arrivare in ritardo.

"Che ore sono, mamma?" chiese, quando la porta si aprì con un cigolio.

Ma non era mamma.

"Rickett!" esclamò Billy raddrizzandosi con uno scatto mentre l'acchiappatore entrava.

"Esci! Esci subito dalla mia stanza!"

Balzò giù dal letto, indietreggiando con orrore di fronte alla guardia allampanata.

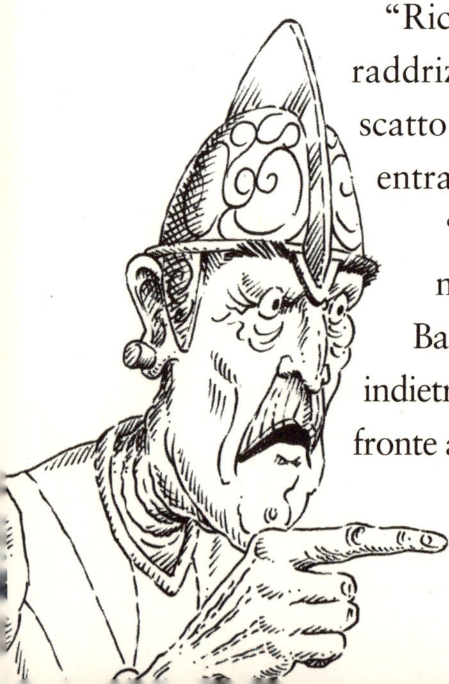

"Papà, aiuto!" urlò. "Vieni, presto."

Rickett lo guardò con i suoi occhi vacui e poi si spostò di lato, così Billy poté vedere, dietro di lui, il pianerottolo buio e tutte le altre porte.

"No!" gridò Billy, rendendosi conto di essere ancora nella fortezza. Corse alla finestra e scostò le tende. Era ancora notte fonda: non era filtrato nessun raggio di sole. In preda al panico corse verso la porta, nel disperato tentativo di fuggire, ma Rickett lo afferrò per il polso.

"Vieni fuooooori!" muggì e cominciò a trascinare Billy verso il pianerottolo.

"Aspetta!" urlò il bambino, con le lacrime agli occhi. Era confuso: non aveva idea di cosa stesse succedendo.

Rickett lo guardò con un'espressione assente.

"Dove sono?" chiese Billy con un filo di voce.

"A caaaasa" rispose Rickett, indicando la stanza.

"Questa non è casa mia. Lasciami andare. Mamma e papà saranno in pensiero e tu finirai nei guai!" lo implorò Billy, ma Rickett lo strinse nella morsa della sua mano, lo trascinò fuori e lo condusse nel buio della fortezza.

Superarono alcuni annusatori che pattugliavano i corridoi e un gruppetto di vecchie streghe che se ne stavano in mezzo a una stanza, chiacchierando e chiocciando come galline.

"'Giorno, 5126. Il gatto ti ha di nuovo mangiato la lingua? Ih ih ih!" ridacchiò una voce maligna. Era Morwella. Le altre scoppiarono a ridere e Billy arrossì di vergogna.

Attraversò ampie sale da pranzo e stanze che puzzavano come aie. Oltre alcune porte sentì ringhi spaventosi e urla di terrore, ed ebbe ancora più paura.

Poi, tutt'a un tratto, Rickett si fermò e indicò un lungo corridoio. In fondo c'era un porta socchiusa dalla quale usciva un pallido chiarore.

"La stanza luminoooosa" disse, e senza aggiungere altro scomparve, confondendosi tra le tenebre.

"Che cos'è 'la stanza luminosa'?" domandò Billy. "Ehi, torna qui!"

Ma Rickett se n'era andato.

Billy non riusciva a crederci: vide un barlume di speranza. L'avevano lasciato solo e ora poteva fuggire! Se avesse potuto tornare a casa, di certo avrebbe trovato un modo di entrare... Ma guardando la porta in fondo al corridoio, Billy sentì l'impulso irrefrenabile di scoprire cosa ci fosse oltre.

Non essere stupido. Devi trovare un modo di andartene, si disse.

Ma nonostante questo pensiero, si ritrovò a percorrere il corridoio fino alla stanza

luminosa. E non riuscì a trattenersi dal guardare all'interno.

"Non c'è niente di male a dare un'occhiata" ragionò. Spinse la porta ed entrò in una sala inondata da una luce pallida ed eterea.

Era una sala rotonda circondata da pareti di vetro con motivi geometrici di colori brillanti. L'aria sembrava carica di energia e piccole bolle di luce frizzavano e scoppiavano come gocce di pioggia variopinte. Il solo fatto di respirare quell'aria fece sentire Billy più tranquillo e felice. Poi sentì un rumore, e quando si girò vide entrare una bambina: il suo cuore saltò un battito. Era Zoe, una sua compagna di scuola: seguivano alcune lezioni nella stessa classe.

"Billy?" disse lei. "Che cosa succede?"

"Non ne ho idea, ma questo posto è incredibile" rispose.

Zoe si guardò intorno meravigliata.

"È bellissimo" disse.

Poi entrò un altro bambino, e poi altri due, e Billy rimase sconvolto.

"Tom!" gridò. "Come sei arrivato qui?"

"N-n-non lo so" rispose l'amico con un sorriso nervoso. "Ho seguito un gatto in un vicolo. Pensavo fosse ferito. Quando ci sono entrato tutto è d-d-diventato buio e sono finito in questa fortezza. Oh, Billy, ho avuto tanta paura."

"Anch'io. Sono così felice di vederti" disse Billy, alzando la mano per battere il cinque. Poi vide altri bambini entrare: Samir e Jessica, altri suoi compagni di scuola.

"Voglio andare a casa" disse un bambino piccolo che Billy conosceva. Aveva l'aria terrorizzata.

"Non ti preoccupare. Torneremo a casa presto, ne sono sicuro" disse Billy. "Ora siamo tutti insieme e questa stanza sembra sicura."

Ma non ne era convinto nemmeno lui. Poi notò un graffio sul polso del bambino e guardò le mani degli altri. Tutti avevano delle ferite a forma di V.

"Ehi, Aspettate un attimo" disse Billy, rimboccandosi una manica per mostrare la sua ferita. "Questa ve la siete fatta al negozio di Park Street?"

"Sì" rispose il bambino. "E brucia."

"Anch'io" disse Zoey, tendendo il braccio.

"Ed è stato uno strano vecchio a servirvi?"

"Sì, era davvero inquietante" disse Samir.

"E puzzava!"

"Hai ragione: aveva lo stesso odore di Morwella. Non può essere una coincidenza" osservò Billy, aggrottando la fronte con fare pensoso.

All'improvviso ci fu un forte mormorio e il pavimento cominciò a girare lentamente sotto i loro piedi.

"Wow! Che cosa succede?" gridò Zoe.

In mezzo alla stanza si aprì una voragine, che si allargava sempre più man mano che la sala girava. Si levarono nuvole di vapore e dall'oscurità sottostante emerse il carrello affusolato e lucente di un otto volante. Si sentì il sibilo dei freni e le protezioni per le spalle si alzarono.

"Wow, è pazzesco!" gridò Billy entusiasta, mentre intorno ai sedili si accedeva una fila di lucine che invitava i bambini ad accomodarsi.

Subito si sedette in prima fila, seguito da Tom e dagli altri. Erano tutti in trepidazione,

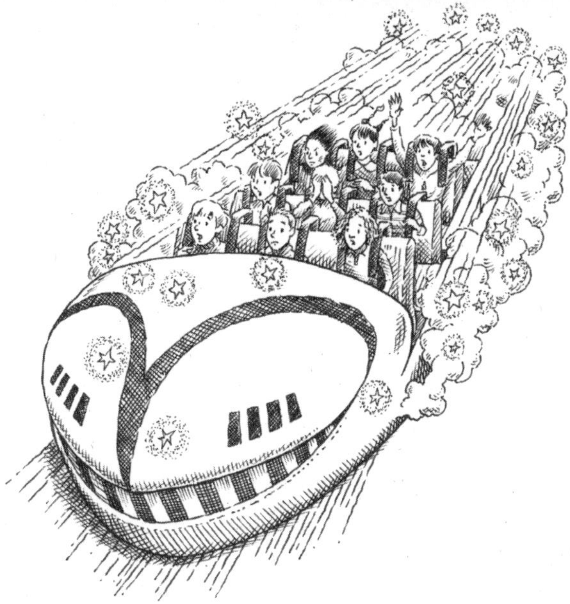

e la nostalgia di casa era svanita.

Le protezioni per le spalle si abbassarono automaticamente e, con uno scatto improvviso, il carrello si lanciò in avanti e sfrecciò verso la parete luminosa.

"Yahoo!" gridarono i bambini mentre la parete si scioglieva e il carrello ci passava attraverso come in un vortice di colori caleidoscopici. Il carrello fece un giro completo, inclinandosi a sinistra e a destra, poi di nuovo a sinistra.

"Yuhu!" gridò Tom, mentre, usciti dal

tunnel di vetro si lanciavano in un'oscurità immensa e vellutata. Calò il silenzio. Intorno a loro migliaia di stelle brillavano come diamanti e giganteschi pianeti color rame, rosso e giallo splendevano girando maestosamente nello spazio.

"Oh, wow!" esclamò di nuovo Billy.

Le protezioni sui sedili si sollevarono con un fruscio e i bambini uscirono dall'otto volante. Billy fluttuava leggero nell'aria. Riconobbe Saturno e Giove – erano colorati e luccicanti come caramelle gommose ricoperte di zucchero – e poi guardò sotto di sé e vide la Terra con il suo azzurro acceso. Sapeva che da qualche parte laggiù c'erano mamma e papà, ma da quel posto meraviglioso faceva fatica a concentrarsi su casa sua.

I suoi amici fluttuavano intorno a lui, con grandi sorrisi e occhi spalancati. Billy ebbe l'impressione di poter rimanere lì per sempre, ma un vortice brusco e improvviso e lo trascinò

a gran velocità e lo risucchiò nel vuoto, dritto in un enorme buco nero. Sentì il corpo stendersi come un elastico, sempre più lungo.

Era una sensazione molto strana essere lunghi centinaia di metri: Billy era convinto di essere sul punto di spezzarsi, ma senza sapere bene come fosse successo, si ritrovò catapultato di nuovo nella stanza luminosa. La voragine al centro era scomparsa e Tom e gli altri bambini atterrarono dietro di lui con un gioioso chiacchiericcio.

"Ehi, Tom, che ne pensi..." cominciò a dire Billy, ma subito si zittì, perché all'improvviso nella stanza si materializzarono lunghi tavoli fantasma. Erano ricoperti di vassoi colmi di pietanze luccicanti come ologrammi, che subito si solidificarono componendo il banchetto più invitante che Billy avesse mai visto.

"È... è... incredibile!" sussurrò sbalordito.

C'erano hamburger con patatine fritte, scatole di dolcetti turchi ricoperti di zucchero a velo e caramelle dure che scintillavano come gemme.

C'era un rotolo ripieno di marmellata lungo quanto uno dei tavoli e un'enorme scodella di crema pasticcera giallo acceso che fumava e ribolliva come la pozione di una strega.

Billy si rese conto di avere una fame da

lupo: il suo stomaco brontolava e gorgogliava. Si scordò quello che voleva dire a Tom e si precipitò verso il buffet, prese un pasticcino e lo addentò. Non aveva mai mangiato nulla di così delizioso... finché non assaggiò uno dei cheeseburger. Gli fece frizzare la mente di gioia. Come era possibile che esistessero sapori così buoni?

Billy percorse la lunghezza del tavolo, ingozzandosi di Christmas pudding, budino al cioccolato, patatine inzuppate nel ketchup e gelato di vari gusti. C'era persino una torta di compleanno per Tom! Anche i suoi amici facevano scorpacciate di ogni ben di dio. Poi accesero candeline scoppiettanti, lanciarono petardi e infine brindarono con calici di bevande frizzanti che al primo sorso sembravano far esplodere nella testa fuochi d'artificio.

Per quanto avessero mangiato, c'era sempre qualcosa di nuovo da assaggiare.

Ogni boccone era meglio del precedente e, quando Billy finì, si sentì un po' frastornato. La rabbia e la paura erano svanite.

"F-f-fantastico" balbettò Tom, con un piccolo rutto, mentre si riempiva la bocca con un'altra fetta di torta. Ma tutt'a un tratto i tavoli scomparvero e la porta della stanza luminosa si aprì di scatto.

Entrarono Rickett e altri acchiappatori.

"Vieni" disse Rickett, ma Billy non voleva andarsene da quella stanza incantata. Si sentiva pieno di stupore e magia.

"Non possiamo restare ancora un po'?" lo implorò.

"Venite" fecero eco gli altri acchiappatori e i bambini li seguirono controvoglia fuori dalla stanza.

Rickett gli fece cenno di avanzare, con la sua solita faccia inespressiva, e Billy obbedì con riluttanza. Ora era così tranquillo che seguì l'acchiappatore fino alla sua stanza senza dire una parola.

6

Billy si sedette sul bordo del letto. Si sentiva ancora scombussolato dopo la magia della stanza luminosa. Si guardò intorno: era solo un'illusione, ma quella cameretta assomigliava così tanto alla sua che era difficile stabilire il confine tra le cose reali e quelle magiche.

Si infilò una mano in tasca nella speranza di trovare una mentina da succhiare, ma al suo posto trovò l'orologio. Lo tirò fuori e lo osservò: ticchettava come un cuore meccanico, ma le lancette erano ferme e segnavano ancora le quattro e mezzo. Billy sospirò.

Non era stato un gran portafortuna, come aveva promesso papà, ma tenerlo in mano gli dava conforto, lo faceva sentire vicino a casa, ai suoi genitori. Con la mente affollata di domande e idee di fuga, si infilò sotto la trapunta e si addormentò.

Si svegliò solo quando il giorno dopo Rickett fece irruzione nella sua camera.

"Stanza luminosa" ordinò.

Billy si era riproposto di prendere l'acchiappatore alla sprovvista, mettersi a correre verso la porta e trovare la libertà, ma non appena Rickett nominò la stanza luminosa lui cambiò idea.

Posso sempre cercare di fuggire domani, si disse, perché in quel momento desiderava solo tornare nella stanza luminosa.

Così si vestì in fretta e furia e seguì obbediente Ricket lungo il pianerottolo. Ognuna delle porte aveva in mezzo una piccola griglia, e Billy vide teste e occhi spaventati che scomparivano al loro passaggio.

Quando raggiunsero la stanza luminosa Tom e gli altri erano già lì.

"Ciao, state bene?" chiese Billy, ma sembravano tutti un po' distratti, e si limitarono ad annuire meccanicamente. Persino Tom aveva l'aria un po' distante.

Billy non ci fece caso: era così felice che la magia stesse per ricominciare, che non voleva perdere tempo in chiacchiere. Un attimo dopo nel pavimento si aprì un enorme buco circolare che fece indietreggiare i bambini finché non si trovarono con le spalle al muro.

Stavolta dalla voragine emerse una grande giostra stile retrò. Billy era molto deluso. L'ottovolante era stato incredibile, ma le giostre erano da bambini piccoli. Ma i suoi amici erano già saliti sui cavalli di legno, quindi li imitò. Non appena si sedette il carosello cominciò a girare.

Billy non credeva ai suoi occhi: lo spettacolo

era ancora meglio di quello del giorno prima. La giostra cominciò a girare più veloce, sempre più veloce. Roteava così rapidamente che la stanza si fece sfuocata e i cavalli di legno si alzarono dai loro piedistalli e spiccarono un salto nell'aria. La stanza luminosa svanì davanti agli occhi di Billy, che si ritrovò a galoppare sopra campi di grano dorati. Poi il suo destriero si avvicinò a terra e gli zoccoli sfiorarono un campo di tulipani, scompigliando tutti i petali, che si levarono nell'aria come una nuvola di farfalle colorate.

Billy spalancò gli occhi meravigliato. I cavalli galopparono di nuovo verso la stanza luminosa e i bambini saltarono giù mentre la voragine li risucchiava di nuovo. Il buco si chiuse e ancora una volta si trovarono davanti un fantastico banchetto: Billy e i suoi amici, in estasi, si abbuffarono di nuovo. Giunta l'ora di tornare in stanza, Billy non aveva nessuna voglia di andarsene. Adorava la stanza luminosa.

"Doooomani ancooora" promise Rickett, così Billy lo seguì obbediente fino alla cella.

Quella notte i suoi sogni furono un turbine di fantastiche cavalcate e banchetti prodigiosi. Quando si svegliò non vedeva l'ora che Rickett venisse di nuovo a prenderlo.

* * *

Ogni giorno Billy veniva accompagnato

alla stanza misteriosa e la magia era sempre più entusiasmante.

Volò sopra le piramidi in groppa a un'aquila e visitò antiche rovine sul dorso di un elefante; fece un viaggio nella preistoria e vide i dinosauri, poi fu catapultato nel futuro e incontrò strani alieni.

Alla fine di ogni meravigliosa avventura, c'era un banchetto magico ad attendere lui e i suoi amici. A ogni boccone di quel cibo delizioso, si tranquillizzava un po' di più e pensava un po' meno a mamma e papà. Avrebbe potuto benissimo restare nella stanza luminosa per sempre ed essere felice.

Ma il settimo giorno, quando ci entrò, notò qualcosa che gli fece venire i brividi.

Tom e gli altri erano diversi! Avevano gli occhi un po' più grandi e il colorito un po' più spento.

"Tutto a posto, Tom?" chiese Billy. "Sembri un po', non so... malato."

“Sto bene” rispose Tom, ma aveva la voce inespressiva e lo sguardo distante. Non era l’amico divertente e pieno di energia che Billy conosceva.

Billy si toccò il viso. Anche lui stava cambiando? Forse sì, ma molto più lentamente rispetto ai suoi amici, e non sapeva perché.

Più tardi, mentre erano seduti al tavolo a gustare una densa mousse al cioccolato, Billy si accorse con orrore che Tom si stava trasformando ancora, proprio davanti ai suoi occhi. Impallidiva a vista d’occhio e pian piano la sua pelle diventò di un grigio fango. I suoi occhi si ingrandirono ancora di più, diventando rotondi e luminosi come fanali. Billy ebbe paura che gli uscissero dalle orbite.

Quando guardò gli altri bambini vide che anche loro stavano cambiando velocemente. Ebbe un brivido di terrore. Ormai erano così simili tra loro che era difficile distinguerli.

"Tom!" gridò.

"Sono 5572" rispose lui, come in trance.

"No che non lo sei" urlò Billy, distrutto. "Sei Tom, il mio migliore amico!"

Si girò verso Zoe. "Che cosa sta succedendo, Zoe?" domandò.

"Sono 4738" rispose lei in tono monocorde.

Ora Billy era davvero spaventato.

"Samir?" gridò, ma l'amico non ebbe nessuna reazione. I bambini si limitavano a fissare il vuoto come automi dalla pelle grigia. Poi arrivarono gli acchiappatori.

"Che cosa avete fatto ai miei amici?" chiese

Billy, ma gli acchiappatori lo ignorarono e portarono via gli altri bambini, che li seguirono miti come agnellini. “Che cosa gli è successo?” domandò di nuovo, mentre Rickett lo accompagnava fuori.

Avrebbe voluto scalciare e gridare, ma dopo l’abbuffata si sentiva troppo frastornato, così lo seguì senza protestare.

Più tardi, si sedette sul letto e tentò di capire che cosa stesse succedendo. Era sicuro che avesse qualcosa a che fare con le magiche avventure e con quel cibo delizioso. Dopo ciascuna visita alla stanza luminosa i suoi amici dovevano essere cambiati poco a poco. Ora si erano scordati chi erano.

Con un sussultò di terrore Billy si rese conto di non riuscire a ricordare il proprio nome, o da dove venisse. Scattò in piedi e corse allo specchio. Era più pallido del solito e aveva gli occhi leggermente più grandi: stava cambiando, come i suoi amici.

“Pensa” sussurrò, fissando intensamente se stesso allo specchio. “Chi sei?” Ma nella sua mente c’era il vuoto totale.

Poi sentì l’orologio che gli ticchettava in tasca.

Lo tirò fuori e lo tenne in mano, e nella sua testa piano piano si creò l’immagine di papà e di casa.

“Mi chiamo Billy” disse con un gran sospiro di sollievo. Ora sapeva di dover combattere con tutte le sue forze la magia della stanza luminosa, altrimenti avrebbe fatto la fine di Tom e di tutti gli altri.

* * *

Il giorno dopo, quando Rickett andò a prenderlo, Billy era deciso a resistere alle meraviglie della stanza luminosa e a trattenersi dall'impulso di fare scorpacciate di quegli incredibili manicaretti.

Sapeva che quando mangiava troppo i pensieri si offuscavano e a aveva capito che per Rickett era più facile controllarlo. L'acchiappatore non doveva più trascinarlo per la fortezza mentre urlava e scalciava: Billy era sicuro che il cibo fosse avvolto da un terribile incantesimo.

Mentre usciva dalla sua cella sentì i leggeri colpi che udiva ogni mattina. Prima la sua mente era tutta concentrata sulla stanza luminosa, ma quel giorno si sporse dalla balconata per capire da dove venissero.

Rimase del tutto sconcertato! Ai pianerottoli

sottostanti c'erano file di bambini dagli occhi spalancati, proprio come i suoi amici. Ce n'erano centinaia e centinaia; indossavano lunghe tuniche e, mentre scendevano la spirale delle scale da un piano all'altro fino alle profondità della fortezza, fissavano il vuoto senza espressione.

Sul pianerottolo di Billy apparve un altro acchiappatore, che cominciò ad aprire le porte una in fila all'altra.

Da ogni cella usciva un bambino dalla pelle grigia che lo seguiva lungo i gradini.

"Ehi! Un attimo..." disse Billy, toccando il braccio di uno dei bambini, ma nessuno si girò, e presto tutti scomparvero ai piani di sotto.

"Chi erano tutti quei bambini... dove vanno?" chiese Billy.

"I bambini della notte" rispose soltanto Rickett, e poi lo condusse veloce fuori dalla torre.

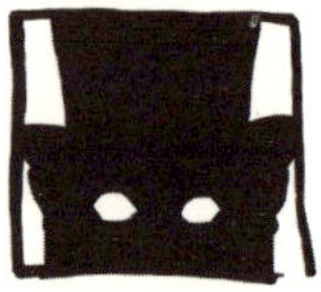

Il mago si incupì. I suoi trucchi erano riusciti a trasformare le nuove reclute in terrorizzati bambini notturni. Tutti tranne uno. E lui aveva bisogno che la paura di tutti i bambini sopravvivesse. Perché la loro paura era la sua magia. Ogni brivido, ogni grido aumentava il suo potere.

Ma ora un bambino era resistito alla sua magia, come se godesse di una qualche protezione. Il mago capì che ottenere la sua paura gli avrebbe dato un potere ancora più grande, e si disse che avrebbe dovuto raddoppiare gli sforzi.

7

Stavolta Billy non trovò nessuno dei suoi amici nella stanza luminosa e capì che si erano uniti ai bambini che aveva visto scendere la scale. Ora era davvero solo e molto, molto spaventato. E quando lo spettacolo cominciò, rimase impietrito!

Stavolta la magia era molto diversa. Non c'erano caleidoscopi di splendidi colori, né giostre di cavalli galoppanti, nessun campo di tulipani che si trasformassero in farfalle. Al contrario le pareti diventarono scure e sembrarono gonfiarsi e rombare come nuvole temporalesche.

Cominciò a soffiare un forte vento e apparvero crepitanti lampi di luce. La corrente sollevò Billy e lo scaraventò contro il muro.

"Ahhh" urlò, accasciandosi a terra mentre si copriva le orecchie per proteggerle dall'ululato del vento e dal fragore dei tuoni.

Il pavimento si aprì e dal buco entrò uno stormo di piccoli gargoyle grotteschi, come una colonia di pipistrelli squittenti. Cominciarono a girare intorno alla testa di Billy, lanciando lamenti infernali mentre dalle pareti i fulmini scoppiettavano di elettricità e i rombi dei tuoni echeggiavano per tutta la stanza.

"Basta!" gridò Billy, ma i mostriciattoli ghignanti quasi gli sfiorarono il viso, sbattendo le ali e sputacchiando. "BASTA PER FAVORE!"

E poi si fermarono... calò il silenzio, e i gargoyle si dissolsero in una nebbia scura che fluttuò e turbinò fino a creare una figura immensa: una sagoma senza volto, gigantesca e inconsistente. Scomparve dopo pochi secondi, ma Billy la riconobbe subito e un brivido di terrore gli percorse la spina dorsale. Era la figura che aveva visto alla finestra della sua camera: quella con la creatura strisciante ai piedi.

"Che cosa vuoi da me?" urlò Billy con le lacrime che gli rigavano le guance. "Lasciami tornare a casa. Mia mamma sarà preoccupata."

Con un fruscio la nebbia salì verso il soffitto in un vortice. "Finalmente. Ora sei mio" sembrò dire. "Ecco uno sguardo da bambino

della notte!"

Poi davanti a lui si creò uno specchio di luce. Riuscì a vedersi chiaramente ed ebbe un sussulto di terrore. aveva gli occhi enormi e la sua pelle era grigia come quella di Tom. Nonostante fosse deciso a resistere alla magia della stanza luminosa, era diventato esattamente come i suoi amici.

"No!" sussurrò. "Fammi tornare come prima. Subito!"

Nell'aria risuonò una risata come un vento sferzante e la nebbia crebbe sempre di più, per poi appiattirsi in un enorme lenzuolo scuro che avvolse la stanza. Nelle tenebre Billy vide dei puntini luccicanti e la coda di una stella cadente.

Poi il buio svanì e Billy si ritrovò di nuovo nella luce soffusa e confortante della stanza luminosa.

Era apparso un tavolo, ma stavolta sopra c'era solo una fetta di torta – e che torta! Grande come una pagnotta e impregnata di miele scurissimo, quasi nero. Il suo dolce profumo riempiva le narici di Billy e gli fluttuava nella mente. Sapeva che se l'avesse morsa, sarebbe stato perso per sempre,

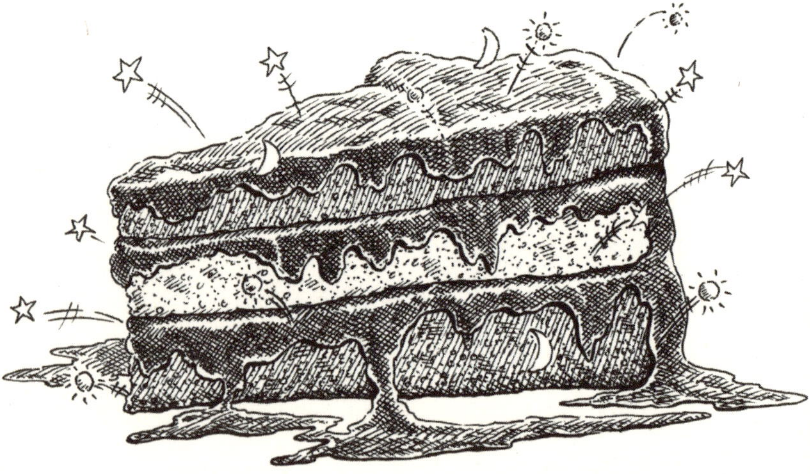

ma non riuscì a fare a meno di prenderla e portarsela alle labbra.

Poi da qualche parte nel suo subconscio, Billy si accorse di un leggerissimo ticchettio.

Tic-tac, tic-tac, tic-tac.

Era l'orologio da taschino. Guardò quella torta deliziosa... e ascoltò il ticchettio... e guardò di nuovo la torta. Poi con un urlo di disperazione scagliò il dolce contro la parete, si infilò una mano in tasca e strinse forte l'orologio. Gli faceva riaffiorare alla mente i ricordi di quando era a casa. Ripensò alle parole di papà sull'orologio e si sentì investito di una nuova forza. Il suo aspetto poteva anche essere cambiato, ma riusciva ancora a pensare con la sua testa e sapeva che doveva fuggire finché era ancora in grado di lottare.

La porta si aprì alle sue spalle ed entrò Rickett.

"Vieni" disse con la sua voce monocorde e Billy si lasciò guidare verso la sua cella, con la mente affollata di idee. L'acchiappatore sfilò dal gancio la chiave della stanza di Billy, aprì la porta e spinse dentro il bambino. Billy sentì la chiave girare di nuovo nella serratura, ma non gli importava: aveva in mente un piano che avrebbe potuto cambiare tutto.

8

Billy rovistò nella cassettiera. Dentro c'erano tutte le cianfrusaglie che teneva nella sua vera stanza: giocattoli rotti, vecchie monete e oggetti che un giorno sarebbero potuti tornare utili. Prese delle vecchie pinze e lo specchietto retrovisore che si era staccato dal manubrio della sua bici, poi aprì l'armadio.

Prese una gruccia, ma cominciò a girargli la testa e si accasciò sul letto. Nella sua mente c'era il vuoto e per un attimo scordò cosa stesse facendo. Scosse la testa, prese qualche respiro profondo e pian piano cominciò a sentirsi meglio.

Se non esco di qui al più presto, sarà troppo tardi, pensò, e si alzò con fatica.

Prese la gruccia di metallo dall'armadio e con le pinze la ridusse a un filo di ferro. Piegò una delle estremità a uncino e poi si avvicinò alla porta e guardò attraverso la piccola griglia. Sul pianerottolo non c'era nessuno.

"Perfetto!" sussurrò, e introdusse il filo metallico tra le sbarre. Non riusciva a vedere la chiave, quindi infilò oltre la griglia anche lo specchietto retrovisore e lo sistemò in modo da poter vedere il riflesso dell'oggetto. Mentre Billy cercava piano piano di afferrare la chiave con l'uncino Il filo tremava e si contorceva.

"Fai piano" sussurrò, ma in quel momento

apparve Rickett in fondo al corridoio e Billy ritirò il filo.

"E ora questo che diavolo vuole?" borbottò, abbassando la testa.

L'impassibile acchiappatore camminava su e giù e di tanto in tanto si fermava a guardare in una delle celle. Billy pensò che non se ne sarebbe mai andato, ma a un certo punto Rickett scomparve giù per le scale, diretto al piano inferiore.

Allora fece un altro tentativo. Era come pescare le paperelle al luna park, ma guardando in uno specchio. Il filo tremava e sferragliava, ma stavolta riuscì a infilarsi nella chiave. Con grande cautela Billy la sfilò dal gancio e la tirò verso di sé.

"Presa!" sussurrò, stringendola forte nel

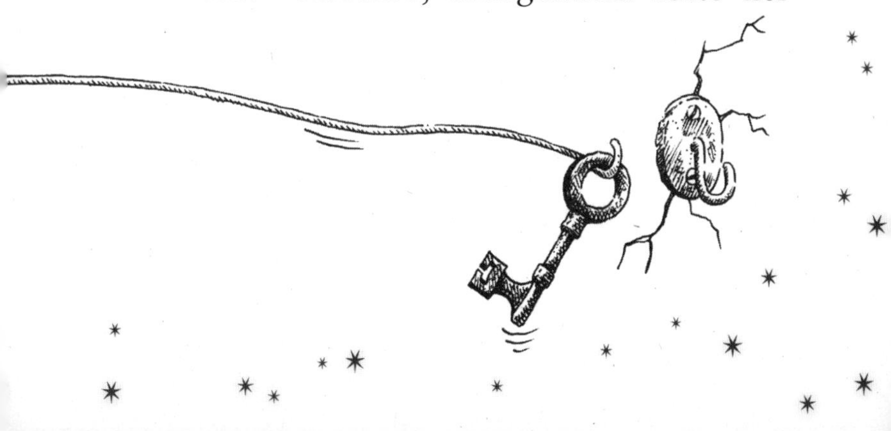

palmo. Poi, trattenendo il respiro, la infilò nella serratura. La girò con un cigolio e la porta si aprì.

Billy sgattaiolò lungo il pianerottolo, sbirciando nervosamente i piani inferiori oltre la ringhiera. Vedeva gli acchiappatori che pattugliavano sopra e sotto, ma al momento non c'era nessuno al suo livello. Con i sensi in allerta corse fuori dalla torre, imboccò il corridoio umido ed entrò in punta di piedi nella stanza delle taccole.

Mentre si infilava nella stanza cercando di non svegliarle sentiva il fruscio delle loro piume. Poi, quando credeva di avercela fatta, uno degli uccelli lo vide e gracchiò rumorosamente.

"*Cra! Cra!*"

Tutti gli altri lo imitarono – *Cra! Cra! Cra!* – e presto la stanza fu invasa da un chiassoso cianciare.

Billy attraversò la stanza il più veloce

possibile e, quando entrò in quella successiva, sentì lo scricchiolio di mille gabbie arrugginite che si aprivano e un forte batter d'ali: le taccole planavano dal soffitto.

"*Urgh!*" Si fermò di scatto. Nel vano della porta di fronte a lui vedeva una sagoma. Non sapeva da che parte girarsi!

Poi mentre gli uccelli lo seguivano come un mantello stropicciato, si infilò sotto una pila di vecchie sedie accatastate alla bell'e meglio lungo una parete. Due grandi taccole si posarono accanto a lui e lo fissarono con i loro occhi penetranti.

"Pst. Sciò!" sussurrò Billy, ma loro lo ignorarono e inclinarono il capo da un lato.

Sbirciando fra le gambe delle sedie, Billy vide comparire Morwella con in mano un candelabro acceso, e si rannicchiò nelle tenebre. La seguivano altri tre personaggi

simili a stregoni, ciascuno con in mano un sacco pesante.

"Sciò!" gracchiò Morwella, mentre le taccole la attorniavano. "Tornate nelle vostre gabbie, beshtiacce!"

"Qvalcosa le ha innervosite. Forse un bambino della notte" mugugnò uno stregone con un accento strano e una voce ruvida come carta vetrata. Aveva lunghi capelli bianchi, un naso appuntito e bitorzoluto e una benda su un occhio.

Billy si fece piccolo piccolo.

"Shcoviamolo Jashper!" disse Morwella con un gran sorriso sdentato, grattandosi il mento peloso. "Tu vai da quella parte della shtanza, io rimango da queshta. Se c'è qualcuno, lo ridurrò in poltiglia e lo shpalmerò sul pan toshtato per colazione." Poi, rivolgendosi ai suoi compagni disse con voce stridula: "Shmoccioloso, Zampone, riportate gli uccelli nelle gabbie e dategli da mangiare."

Le due taccole vicine a Billy fecero un altro saltello verso di lui. Nella speranza di farle volare via, il bambino soffiò, ma loro continuarono a guardarlo ancora più insistenti. Poi Billy vide una gomma da masticare secca appiccicata sotto un sedia. La staccò e gliela lanciò: rimbalzò su un uccellò e colpì l'altro. I due pennuti volarono via gracchiando. Per fortuna in quel momento anche gli altri cominciarono a fare rumore, perché Smoccioloso e Zampone avevano aperto i loro sacchi e camminavano davanti al nascondiglio di Billy lasciando dietro di sé scie di semi. Le taccole li seguirono formando una nuvola nera.

Ma il pericolo non era ancora scampato: Morwella cominciò a percorrere la stanza sbirciando tra le pile di mobili e Jasper fece lo stesso dall'altro lato della stanza. Mentre Morwella si avvicinava e si fermava Billy trattenne il respiro e rimase immobile.

Il cuore di Billy batteva così forte che sembrava sul punto di esplodere. Dai capelli di Morwella cadde un grosso ragno: i suoi grandi occhi umidi lo fissavano oltre le gambe delle sedie.

"C'è qualcuno qui?" gracchiò con voce cantilenante, annusando l'aria con il suo nasone e sollevando il candelabro. "Vieni fuori, pashticcino, chiunque tu sia."

Si spostò da una parte e dall'altra, sbirciando nel buio. Billy cominciò a sentire male ai polmoni: non poteva trattenere il respiro ancora per molto!

"Qvi non z'è niente" mugugnò Jasper, avvicinandosi a Morwella. Ora la strega e lo stregone erano così vicini che Billy avrebbe potuto allungare la mano e toccarli. Era certo che l'avrebbero visto, ma Morwella abbassò il candelabro e fece un grugnito.

"Niente neanche qui. Era solo un gioco di luce." Disse.

“Dovremmo alzare tutte le sedie e gvardare bene” suggerì Jasper.

“Non abbiamo tempo” rispose Morwella. “Andiamo!”

E con grande sollievo di Billy, i due si avviarono verso la stanza delle taccole. Lui corse nella direzione opposta e imboccò un lungo corridoio pieno di ragnatele. Le torce fiammeggianti proiettavano solo una luce fioca e i muri erano umidi e appiccicosi. Faceva così freddo che Billy vedeva nuvole di vapore uscirgli dalla bocca ogni volta che respirava.

Non sapeva dove stesse andando: voleva solo trovare una via d’uscita. Forse se fosse tornato a casa tutto sarebbe tornato alla normalità e mamma e papà l’avrebbero accolto a braccia aperte. Affrettò il passo, ma il corridoio si diramava in un labirinto di passaggi angusti: presto Billy capì che si sarebbe perso.

I vicoli sembravano tutti uguali: si accorse

con terrore che forse non avrebbe mai ritrovato la strada.

Sentiva soltanto il suono del suo stesso respiro e un lento sgocciolio, ma poi ci fu un rumore simile a un grugnito che lo fece trasalire. Lo riconobbe subito: si girò di scatto e vide apparire nel buio due grandi annusatori.

Si mise a correre nella direzione opposta. Le creature alzarono il capo, annusarono

l'aria e, con forti muggiti, annusarono la sua scia, sbattendo per terra i loro artigli mortali.

Billy era molto più veloce di loro, ma i corridoi si fecero così bui che dovette rallentare e tastare i muri per farsi strada. Fu attanagliato dalla paura delle tenebre e si fece prendere dal panico.

All'improvviso sentì un orribile rantolo gutturale proveniente dalla direzione opposta.

"Sei in trappola, ragazzino!" disse una voce familiare. "Arrenditi! Ih ih ih!"

Morwella!

Billy vide una torcia accesa in lontananza. Poi tutt'a un tratto si ritrovò con le spalle al muro e gli annusatori che ringhiavano e grugnivano come enormi maiali a un passo da lui.

"Shtai fermo lì" disse Morwella con voce roca. Billy ebbe un tuffo al cuore quando la vide avvicinarsi fissandolo con i suoi occhi di ghiaccio. Dietro di lei apparve il ghigno di Jasper.

"Ero zerto che zi fosse qvalcuno in giro" disse.

In preda allo sconforto, Billy alzò le mani.

"Va bene, mi arrendo" disse con la voce spenta per la sconfitta. Ma mentre Jasper allungava la mano per acciuffarlo, Billy si sentì afferrare per il colletto e fu trascinato nelle tenebre più profonde.

"Oh!" gridò.

"Dov'è finito?" sentì gracchiare Morwella.

"Da questa parte" sussurrò all'orecchio di Billy la voce di una bambina, che lo prese per mano e cominciò a correre in un corridoio di cui non si era accorto, tanto era stretto e buio.

"Inseguiamolo!" gridò Morwella, ma gli annusatori e le streghe erano troppo grandi per entrare in quella fessura. "Torna indietro, piccolo dishgraziato!"

* * *

Billy si lasciò guidare nel buio. Presto il corridoio si aprì e la sua soccorritrice affrettò

il passo, trascinandoselo dietro.

Intorno a lui Billy sentiva altri passi, mentre il ringhiare e il graffiare degli annusatori si facevano sempre più distanti. Quando si fermò sotto una torcia, Billy si accorse di essere circondato da ragazzini dagli occhi spalancati e dalla pelle grigia: una femmina e due maschi.

"Grazie" disse, con il fiatone. "Chi siete?"

"Poi ti spieghiamo" rispose la ragazzina. "Seguici."

Billy non aveva la minima idea di dove stesse andando, ma aveva la sensazione di potersi fidare di quei bambini della notte, così li seguì per i corridoi deserti e si fece condurre in una cantina profonda e umida che sembrava inutilizzata da molti anni. Da una porta segreta nascosta nella parete si accedeva a un tunnel sotterraneo che scendeva verso il cuore della terra.

Da quel punto si diramavano altri tunnel e

il passaggio era sempre più stretto man mano che avanzavano. Era intricato come un nido di termiti e Billy cominciò a sentirsi oppresso. Ma proprio quando cominciò ad avere davvero paura la galleria si allargò e all'improvviso si aprì una caverna illuminata da una luce fioca e traballante.

9

Billy rimase a bocca aperta. Dal pavimento si alzavano grandi stalagmiti e dall'alto soffitto pendevano stalattiti. Alcune si incontravano nel mezzo, creando colonne di un bianco latteo che sembravano splendere nell'oscurità.

La parete opposta era piena di buchi scuri, come un'enorme fetta di formaggio. All'interno c'erano cuscini e coperte: Billy capì che ciascuno doveva essere una piccola camera da letto. Oltre il buio dei tunnel, tutto aveva un'aria accogliente che lo rassicurò all'istante.

Al centro della caverna c'era un lungo

tavolo traballante e intorno al quale erano riuniti altri di bambini della notte. Saranno stati una decina: alcuni pulivano le patate, altri tagliavano i cavoli, e una bambinetta sembrava intenta a riparare gli ingranaggi di un grande orologio arrugginito. Tutti avevano la pelle grigia e gli occhi grandi e indossavano lunghe tuniche, proprio come i bambini che Billy aveva visto scendere le scale della torre.

"Benvenuto nella nostra tana. Io sono Saetta" disse la bambina che lo aveva soccorso. Lo teneva ancora per mano, e Billy si divincolò imbarazzato. Poi indicò i ragazzini che l'aveva accompagnata e disse: "Loro sono Genio e Fantasmino. Presto conoscerai anche gli altri fuggitivi."

"Ciao" disse Genio con un sorriso amichevole. Aveva una faccia allegra e lentigginosa e sembrava un po' più grande degli altri, ma il capo era senz'altro Saetta.

"Fuggitivi?" chiese Billy perplesso.

"Siamo scappati dalle celle, proprio come te, quindi ci siamo dati il nome di Fuggitivi" disse Saetta. "Tu come ti chiami?"

"Billy" rispose lui. Si accorse che tutti lo guardavano e, al centro dell'attenzione, si sentì all'improvviso a disagio.

Cominciò ad arrossire. "Hai fame?" chiese un ragazzino. Aveva la voce stridula e il viso tutto sporco.

Billy annuì. Tutte quelle avventure gli avevano creato una vera voragine nello stomaco.

"Altroché: potrei mangiare un cinghiale tutto intero. Come ti chiami?"

“Il mio nome è Fuliggine” rispose il bambino. “Mi chiamano tutti così.”

Billy si sedette al tavolo e Fuliggine gli portò una scodella piena di densa zuppa di patate, che aveva preso da un gran pentolone sul fuoco acceso.

“Non è un cinghiale, ma ti riempirà la pancia!” disse con una risatina, e quando Billy alzò la testa per ringraziarlo vide che tutti i fuggitivi lo guardavano sorridenti. Cominciò a sentirsi un po’ più sicuro.

“Grazie di avermi salvato...” disse tra una cucchiaiata e l’altra di quella zuppa deliziosa.

“Non ti preoccupare: è la nostra missione” disse Saetta.

“Ma come facevate a sapere dov’ero?”

“Non lo sapevamo! Eravamo usciti alla ricerca di cibo, quando abbiamo sentito il muggito di un annusatore. Abbiamo capito che qualcuno era nei guai e siamo arrivati di corsa.”

"Gli annusatori cercavano te?" chiese Fuliggine, con un'alzata di spalle. "Odio quei bestioni: mi inseguono nei miei incubi peggiori."

"Nei miei sogni più spaventosi ci sono streghe che mi fanno svegliare di soprassalto" disse con voce tremante la bambinetta che armeggiava con il vecchio orologio.

"La fortezza è piena di creature terrificanti e ognuna è il peggiore incubo di qualcuno" spiegò Saetta. "Come le streghe per Bussola e gli annusatori per Fuliggine. È una fortuna che ti abbiamo trovato, altrimenti ti avrebbero portato dal Mago."

Billy ebbe un sussulto di terrore. "Chi è?" chiese con la voce improvvisamente roca e la gola secca, ma sapeva già la risposta. Doveva essere quella figura terrificante che aveva visto nella stanza luminosa.

"È il capo supremo di questo mondo oscuro. Questa è la sua fortezza, e le altre creature sono i suoi umili servitori" rispose

Saetta, con gli occhi chiari e luminosi come due biglie appena comprate. “Tengono sotto controllo i bambini della notte e obbediscono agli ordini del Mago.”

“Sì, obbligano i bambini a costruire ogni giorno nuove celle e torri sempre più alte per la fortezza, ma lui non è mai soddisfatto. Vuole sempre qualcosa in più” disse Genio. “Ci si spezza la schiena, e non si smette mai.”

“Cavoli!” mormorò Billy, rendendosi conto del destino che gli sarebbe toccato se non fosse riuscito a scappare.

“Ma stiamo meglio di molti altri. Almeno sappiamo di non essere nati qui” disse Saetta, arricciando le labbra pensierosa. “Tutti gli altri bambini della notte pensano che questa fortezza sia la loro vera casa! L’incantesimo del Mago gli ha distrutto il cervello: noi siamo fuggiti prima che la stanza luminosa facesse tutto il suo effetto. Abbiamo parlato tra di noi e abbiamo organizzato la fuga.

Siamo evasi dalle nostre celle e ci siamo ritrovati qui."

"E perché non siete tornati a casa?" chiese Billy, stupito.

"A casa?!"

"Sì, perché?"

"Non credi che lo faremmo se potessimo?" rispose Saetta, e Billy vede i suoi grandi occhi luminosi riempirsi di lacrime.

"Lo faremmo senz'altro. Possiamo uscire e andare in città, ma nessuno di noi si ricorda dove sia la sua casa o che aspetto abbia. Non sappiamo nemmeno i nostri veri nomi!"

"Oh! Scusa" mugugnò Billy, mortificato. I fuggitivi fissavano il vuoto, persi nei loro pensieri, e il silenzio era imbarazzante.

"E tu?" gli chiese Fuliggine alla fine. Si pulì il naso nella manica lasciandosi un nuovo sbaffo nero sulla guancia. "Ti ricordi qualcosa di casa tua?"

"Be', sì..." rispose Billy con cautela: non

sapeva quale sarebbe stata la reazione.

"Oh, davvero? E cosa ti rende diverso da noi?" chiese Genio, un po' aggressivo.

Billy alzò le spalle. "Non lo so" disse. "Ma credo che abbia qualcosa a che fare con *questo*."

Tirò fuori l'orologio da taschino e lo appoggiò sul tavolo.

"Oh, wow!" esclamò Saetta, con gli occhioni pieni di meraviglia. "È bellissimo. Che cosa fa?"

"Be', secondo mio padre mi avrebbe protetto" rispose Billy. "Ma non so come funzioni."

"Ti spiace se..." chiese Bussola, afferrando l'orologio piena di entusiasmo.

"Fai pure" disse Billy.

Bussola aprì il retro e svitò la placca superiore. "Vediamo un po' questi ingranaggi" disse.

Ma quando alzò la piastra di metallo, non trovò niente all'interno dell'orologio. Nessuna ruota dentata, nessuna molla. "Credo che tuo padre ti abbia preso in giro" disse. "Questo coso non funzionerà mai."

Billy era sconvolto. "Sì invece: ho visto muoversi le lancette" disse. "E poi ricordo casa mia e come sono finito in questo posto."

"Davvero?" chiese Saetta, arricciando il naso incredula.

"Certo: un giorno sono tornato da scuola e ho trovato la casa deserta, fatta eccezione per una taccola intrappolata..."

"Le taccole sono tra i famigli del Mago" lo interruppe Saetta.

"Mi ha aggredito e quando sono corso fuori era buio pesto" proseguì Billy. "Se riesco a tornare sui mie passi e a ritrovare casa mia, sono sicuro che tutto tornerà alla normalità."

"Sì, certo..." borbottò una bambina dalle lunghe treccine.

"È vero" insisté Billy, e raccontò tutto di casa sua, di sua madre e suo padre e della scuola che frequentava. Gli altri bambini non credevano alle loro orecchie e furono attraversati da un brivido di eccitazione.

"Se venissimo con te ed entrassimo nella tua vita, credi che anche noi troveremmo la nostra casa? Torneremmo alla nostra realtà?"

chiese Saetta, visibilmente emozionata.

"Non lo so, ma vale la pena provare, no?" disse Billy.

Bussola saltellava entusiasta.

"Ma c'è un problema: al momento casa mia è sbarrata. Ho cercato di entrare, ma non c'è stato nulla da fare" spiegò Billy.

"Non ti preoccupare" disse Genio con un sorriso. "Sono bravissimo a scassinare le serrature: non c'è porta che mi resista!"

"Fantastico. Che cosa aspettiamo allora? Andiamo!" esclamò Billy, scattando in piedi, elettrizzato. Anche Bussola e Scricciolina, l'amica con le treccine, non stavano più nella pelle, e cominciarono a cantilenare:

"Torniamo a casa, torniamo a casa."

Poi, dopo un attimo di esitazione, Bussola domandò: "E se tornassimo nel nostro mondo e non ci ricordassimo ancora dove si trovano le nostre case? Se fossero in un posto molto lontano?"

"Ci penseremo quando ci arriveremo" disse Saetta. "Prima scappiamo da questo buio." Si girò vero Billy e gli lanciò un'occhiata scura. "Sei sicuro di quello che dici, Billy?" chiese. "Andare in città è pericoloso e dobbiamo essere sicuri che valga la pena correre il rischio."

"Sono sicuro" rispose Billy, anche se lo era meno di quanto desse a vedere.

"Ottimo! Quindi dove vivi?"

"A Merlin Place, sulla collina sopra il parco."

"Allora la cosa migliore è passare dalla tana dei tassi" disse Saetta. "Arriveremo dall'altra parte della città."

"Aspetta" disse Genio. "Non credi che prima Billy dovrebbe togliersi quei vestiti eccentrici?"

Billy si guardò la felpa e i jeans. "Eccentrici?"

"Ha ragione. I guardiani sono sempre alla ricerca dei fuggitivi, e con quei vestiti darai nell'occhio. Passagli una tunica, Fuliggine" ordinò Saetta.

Fuliggine ne prese una da una cesta in un angolo e Billy se la infilò sopra i vestiti. Era pesante e il tessuto pizzicava un po', anche sopra la felpa.

"Va bene così?" chiese, un po' a disagio.

"Perfetto" rispose Saetta. "Andiamo ora!"

Billy la seguì in un angolo della caverna dove degli scalini tagliati grossolanamente portavano nelle profondità della terra. Alle sue spalle gli altri fuggitivi si strattonavano con risatine nervose.

"Andiamo a casa, andiamo a casa!" continuava a canticchiare Bussola.

"Shhh!" ordinò Saetta. "Tutti con lo sguardo basso."

Il Mago, sotto forma di una nebbia inquieta e minacciosa, era nel suo appartamento in cima al grande torrione della fortezza. Dall'altra parte del tavolo c'era uno segugio mannaro, una delle sue guardie più fidate. Era una creatura spaventosa con terribili occhi circondati da pelo ispido e opaco. Durante la muta la pelliccia era caduto a chiazze, lasciando le ossa del muso scoperte. Ma di fronte al Mago quel mostro era mite come un bastardino.

"Se n'è andato?" chiese Il Mago con un tremendo sospiro, salendo verso il soffitto fino a sovrastare il segugio, per poi scendere di nuovo.

"S-sì, s-signore" balbettò il servitore. "Gli stregoni l'avevano quasi preso ma – uuuuuhhh – è scappato."

"Chi era il suo responsabile?" chiese il Mago, facendo fremere l'aria come un tuono.

"Grrr... Rickett, signore" rispose il segugio con un tremito incontrollabile.

"Puniscilo" sibilò il mago, con la sagoma scura che brillava e lampeggiava piena di energia. "Puniscilo subito!"

CRAC! Un fulmine squarciò la stanza e il

segugio corse via. Quando se ne fu andato, la sagoma vaporosa del Mago prese dei contorni più definiti e assunse le sembianze di un uomo imponente e spigoloso, con una faccia aspra e affilata come una scure.

Accigliato, aprì il libro mastro sulla scrivania e fece scorrere un dito sul bordo. 5126: di nuovo quel bambino. Nonostante tutti i suoi sforzi, quel piccolo disgraziato non si era ancora piegato al suo potere. Era stato portato lì dalla paura, come tutti gli altri, ma era tra i più forti: il suo spirito non si era spezzato. Ricordava ancora troppe cose. Perché? Qual era il motivo?

Il mago batté un pugno sul tavolo e sibilò come un gigantesco serpente. 5126 doveva essere riacciuffato: poi avrebbe avuto una lezione che non si sarebbe mai scordato. Aveva bisogno di tutte le patetiche paure dei bambini della notte, ma ora più che mai voleva il terrore di quel bambino. Con un sorriso malizioso si dissolse di nuovo nel buio.

10

Mentre strisciavano nella tana dei tassi, Billy restò vicino a Saetta. Da lì si arrivava dietro i cortili della tentacolare fortezza. C'era puzza di muffa, come nella gabbia degli elefanti allo zoo. In alcuni punti il tunnel era così basso che i bambini erano costretti ad avanzare a quattro zampe. Mentre superavano uno spiazzo ricoperto di fieno, la stanza da letto dei tassi, Billy fu certo che due occhietti lucenti si fossero aperti e lo avessero guardato.

Gli altri fuggitivi dietro di lui continuarono a battibeccare animatamente finché Saetta non gli ordinò di nuovo di stare in silenzio.

Poi, oltre un groviglio di radici che uscivano da terra, il tunnel cominciò salire. Ecco un'apertura: Billy uscì e si ritrovò in città, in un parchetto trascurato.

Guardò oltre le mura. Nella luce burrosa della luna, sulla strada si allungavano ombre striscianti, ma, anche nell'oscurità, riconobbe Shipton Road.

"Ok, so dove siamo. Seguitemi!" disse con un sospiro, e guidò la combriccola per

le strade della città vuota, tenendo a bada la paura mentre sbirciava nervosamente dietro ogni angolo e attraversava di corsa le strade deserte.

Conosceva tutti i palazzi, e anche se nel buio apparivano distorti e minacciosi, si sarebbe aspettato di incontrare da un momento all'altro qualcuno che conosceva. Ecco la caffetteria dove alla mamma piaceva fermarsi quando andavano in centro a fare compere; ecco l'emporio, di solito affollatissimo; di fronte c'era il punto in cui un senzatetto vendeva riviste, ma ora restava solo il pezzo di cartone dove in tempi normali stava accucciato il suo cane.

Billy tese le orecchie per sentire il rumore di qualche auto o il rintocco delle campane. Ma l'orologio del campanile era fermo e le strade erano vuote come quelle di una città fantasma. Non si sentiva il richiamo di un gufo né il miagolio di un gatto in amore. Non c'erano passi né schiamazzi, e nemmeno le sirene della polizia. Il silenzio era così assoluto che Billy avrebbe potuto giurare di sentire il battito del proprio cuore. Pur essendo con i fuggitivi, si sentiva spaventato e vulnerabile, e avrebbe avuto voglia di gridare a pieni polmoni: "C'è qualcuno?"

Finalmente arrivarono a Merlin Place.

"Quella è la mia casa!" sospirò Billy, pieno di adrenalina.

Il vialetto era striato d'ombra e la ghiaia scricchiolava sotto le scarpe mentre lui e i suoi compagni si avvicinavano all'ingresso. Le foglie dei cespugli tutto intorno frusciavano nel vento.

Billy andò sotto il portico, sollevò lo sportello della cassetta delle lettere e sbirciò all'interno. La casa era ancora deserta e lui si sentiva un estraneo, come se non abitasse lì. Alzò la tunica, frugò nella tasca dei jeans e, trovata la chiave, la infilò nella serratura.

Non girava.

"Ecco, vedete? È chiusa" sussurrò. "Lo stesso vale per quella del retro."

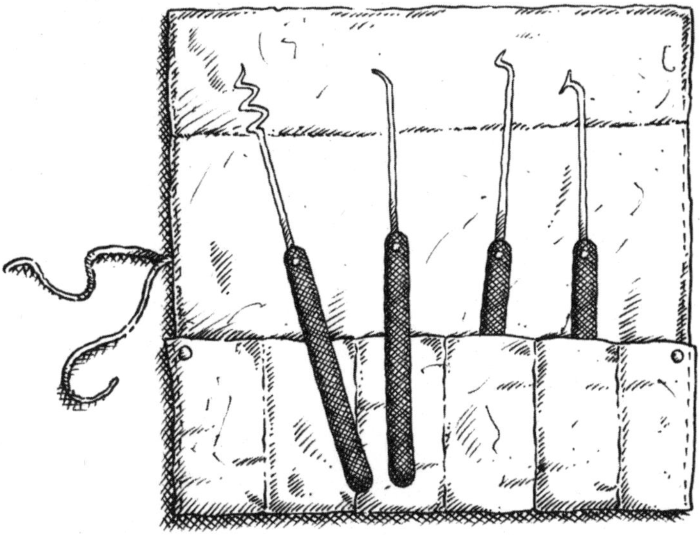

"Ci sarà un catenaccio, ma non è un problema. So come fare" disse Genio, tirando fuori dalla tasca un astuccio.

Lo aprì e scelse tra vari utensili di ferro due attrezzi appuntiti.

"Grande!" disse Billy.

"Bene! Ho bisogno del silenzio assoluto" disse Genio, poi si scrocchiò le dita e inserì la punta di metallo nella serratura. "Mhm, questa è difficile..." osservò, con l'orecchio appoggiato alla porta.

Billy lo osservò impaziente armeggiare con gli attrezzi. Ci stava mettendo un secolo, e a ogni secondo che passava l'ansia cresceva. Genio fece una smorfia e tirò fuori dall'astuccio uno strumento più affilato. Poi con un mugugno infastidito si arrese.

"Niente da fare" disse. "Non ci riesco!"

"Stai scherzando!" gridò Billy. Era distrutto. Non riusciva a sopportare l'idea di non riuscire a entrare in casa: tornarono a galla tutte le sue paure e le sue frustrazioni.

"Non ti sei impegnato abbastanza! Fammi provare!" sbraitò Billy, ma Genio lo prese alla sprovvista, tappandogli la bocca con una mano.

"Mmm, mmm, mmm!" protestò Billy.

"Zitto!" sussurrò Genio. "Striscianti!"

Con sommo orrore Billy vide tre creature che sgattaiolavano lungo il vialetto delle auto. Erano le stesse dell'incubo che l'aveva colto nella sua cameretta: ometti dai capelli selvaggi e dai denti radi e affilati come quelli di uno squalo. Soltanto vederli gli diede il voltastomaco.

Gli striscianti scomparvero per un attimo dietro gli arbusti, e Billy fu trascinato oltre il portico dietro il folto fogliame della siepe accanto alla casa.

"Qui dietro, veloci!" sussurrò Saetta.

Le creature riapparvero e si avvicinarono a

loro, sibilando come caldaie guaste. Mentre gli omini salivano i gradini del portico e annusavano l'aria con le narici piene di muco Billy sentì una stretta allo stomaco.

Erano a pochi metri da loro e lui sapeva che li avrebbero scoperti da un momento all'altro.

Quella missione era stata una sua idea, e aveva messo in pericolo tutti. Ora stava a lui trovare una soluzione. In silenzio, con le mani tremanti, raccolse una grande pietra da un'aiuola e la lanciò verso il giardino del retro.

Al tonfo della pietra che cadeva gli striscianti fecero un salto e corsero all'alto cancello di ferro che portava sul retro. Erano a pochi passi da Billy mentre guardavano oltre le sbarre: lui trattenne il respiro, raccolse un altro sasso e lo lanciò oltre il cancello. Stavolta colpì la serra di sua madre, con un gran frastuono di vetri rotti. Gli striscianti aprirono il cancello e si avvicinarono al sasso con urletti concitati.

"Andate a prenderlo" sussurrò Billy, con la voce rauca dalla paura, e mentre i mostriciattoli correvano sul vialetto lui andò al cancello, chiuse la porta e girò la chiave arrugginita. Tirò un sospiro di sollievo, ma il braccio sottile e pallido di uno strisciante si infilò tra le sbarre e gli afferrò il polso, tirandolo verso di sé. Billy sbatté la testa contro le sbarre.

Cadde a terra frastornato. Arrivò un altro strisciante, e lo trascinò così vicino a sé che si ritrovò con la faccia contro il cancello: a

pochi centimetri dal ghigno dello strisciante!

"Via!" gridò Billy, ma la creatura aprì le fauci mostrando una fila di denti aguzzi e triangolari. Poi, ridendo come una iena impazzita, gli morse un braccio.

"Aargh!"

All'improvviso si inserì tra le sbarre un grosso ramo che colpì forte lo strisciante sulla testa. Il mostro cacciò un urlo e corse via con una ferita aperta. Billy alzò lo sguardo e vide Saetta che teneva il ramo come un ariete.

Pum! Colpì in pancia il secondo strisciante, che sussultò e balzò all'indietro, con un rumoroso conato di vomito. Ma il terzo saltò verso le sbarre e cominciò ad arrampicarcisi sopra come una scimmia. In un attimo era in cima e guardava sorridente Billy e Saetta.

"Attenti!" gridò una vocina acuta, e Billy vide la figura piccola e rotonda di Bussola che correva verso di loro.

La bambina superò una fontana ricoperta

di muschio, sollevò la vasca e lanciò l'acqua in faccia alla creatura. Lo strisciante si portò le mani agli occhi e cominciò a ululare, si buttò per terra e cominciò a contorcersi.

"Scappate!" gridò Billy mentre si alzava in piedi e gli altri bambini correvano lungo in strada, dove li aspettavano gli altri fuggitivi. Tutti insieme percorsero la via, svoltarono in vicoli laterali e imboccarono vie secondarie. Non si fermarono finché non furono convinti di aver seminato gli striscianti.

"Come diavolo facevi a sapere che odiano l'acqua?" chiese Billy a Bussola. Tremava ancora dall'adrenalina.

"Non lo sapevo" rispose lei. "Volevo lanciargli la vasca!"

"In ogni caso ha funzionato" disse Saetta con un sorriso. "Teniamolo a mente per il futuro. Come va il braccio, Billy?"

Billy si rimboccò la manica della tunica e si guardò l'avambraccio. Aveva i segni dei denti dello strisciante sulla pelle, ma il tessuto era robusto, quindi non era ferito.

"Niente di grave. Sentite, mi dispiace aver deluso le vostre speranze... e anche aver messo in pericolo la vostra vita" disse.

"Non ti preoccupare, avremmo dovuto avvisarti che c'erano gli striscianti. Hanno il compito di pattugliare le strade" spiegò Saetta e gli rivolse un sorriso rassicurante. "Stai bene sul serio?"

Billy annuì.

"Allora andiamo a cercare qualcosa da mangiare, già che ci siamo. Forza."

Billy la seguì lungo uno stretto vicolo che portava alla stradina delle botteghe vicino al parco. Conosceva molto bene quella parte della città, ma una volta superati i cancelli del parco, si fermò stupito.

Era quasi irriconoscibile. Non c'erano più scivoli e altalene, e nemmeno il campetto da calcio e il parco per gli skate dove andava spesso. Ora ogni metro quadrato era ricoperto di vegetazione.

Billy si accovacciò dietro una panchina insieme agli altri.

"Avete tutti le vostre sacche?" sussurrò Saetta.

I suoi compagni annuirono e tirarono fuori grandi borse di tela dalle profonde tasche delle tuniche.

"Io no" rispose Billy.

"Non importa. Tu stai qui e fai la guardia. Gli striscianti ci staranno cercando. Se ne vedi qualcuno, fai un fischio.

"Ehm, ok" rispose lui un po' incerto. Non voleva essere lasciato solo nell'oscurità e nel vento, ma non avrebbe mai mostrato di aver paura.

In un attimo i bambini sparirono, e Billy rimase rannicchiato dietro la panchina a sorvegliare i dintorni.

Nel buio i campi scomparivano in

lontananza davanti a lui; alla sua destra c'erano delle villette a schiera, ma alla sua sinistra la fortezza nera si innalzava nel cielo scuro. C'era una nuova torre in costruzione e centinaia di bambini della notte camminavano su e giù come formiche, sollevavano blocchi di pietra con delle carrucole e li posizionavano. Billy era felice di non essere uno di loro.

I minuti passarono e cominciò ad avere ancora più paura. Sentiva il fruscio del vento tra l'erba e i grugniti di creature sconosciute, ma i suoi amici erano spariti. All'improvviso vide in lontananza cinque o sei striscianti. Percorrevano i sentieri tra le aiuole e sbirciavano tra il fogliame.

"Oh oh!" sussurrò Billy tra sé. Arrotondò le labbra, pronto a fischiare per avvertire i suoi amici, ma aveva la bocca così secca che gli uscì solo una pernacchia.

Alla luce della luna scorse i fuggitivi in mezzo al parco: minuscole figure che correvano nell'orto, tra le file di verdura. Si inumidì le labbra e provò ancora, ed emise un piccolo trillo. Subito i bambini si appiattirono sul terreno come se fossero stati colpiti da un proiettile e Billy guardò nervosamente gli striscianti che si avvicinavano sempre più.

Billy sentì un sibilo distante: uno strisciante cominciò a rovistare freneticamente fra le foglie e poi si fermò ad acchiappare qualcosa.

"Li hanno trovati!" si disse con un sussulto.

Poi qualcuno gli toccò una spalla e lui fece un salto. Si girò e vide la faccia sorridente di Saetta. I fuggitivi si erano avvicinati con passo felpato, con le sacche piene di ortaggi.

Billy fece un gran sospiro di sollievo e senza dire altro si avviò con i suoi amici verso il nascondiglio nelle profondità della fortezza.

11

Nonostante in quello strano mondo fosse sempre buio, i fuggitivi continuavano a chiamare la parte della giornata in cui dormivano "notte" e quella in cui erano svegli "giorno". Si davano da fare dalle prime luci dell'alba.

Billy però era ancora preoccupato. Non vedeva l'ora di fuggire dall'oscurità e tornare a casa, ma non sapeva se sarebbe mai stato possibile. Se Genio, esperto com'era nello scassinare porte, non era riuscito a entrare, che possibilità aveva lui di farcela?

"Stai bene, Billy?" chiese Saetta, mentre

passava con un carico di legna fra le braccia.

"Sì, tutto ok" rispose Billy, tentando di spazzare via la tristezza. "Vuoi una mano?"

"Puoi andare a prendere dell'altra legna in magazzino" rispose. Allora Billy andò nella piccola cantina dove i fuggitivi conservavano le loro scorte: legna, cibo, carte, penne, barattoli, forbici e attrezzi vari.

Mentre i bambini preparavano il pranzo e alimentavano il fuoco con la legna trovata tra i rifiuti della fortezza, gli altri bambini scherzavano con lui. Spazzavano per terra, rifacevano i letti e lavavano tutti i piatti sporchi della sera prima. Billy cercò di essere d'aiuto, ma gli sembrava di essere soltanto d'intralcio, quindi si sedette di nuovo al tavolo e cominciò a rovistare nel vecchio cassetto. Dentro c'erano cianfrusaglie di ogni tipo: coltelli rotti, forchette piegate, ingranaggi e ruote dentate dell'orologio su cui Bussola lavorava appena poteva.

In fondo al cassetto Billy trovò tre quaderni polverosi. Curioso, li tirò fuori e aprì il primo. La carta si era ingiallita e sembrava che potesse sbriciolarsi da un momento all'altro.

Questa è la prima riunione dei

Magnifici Fuggitivi

Siamo scappati dalle nostre celle e ci nascondiamo dal Mago e dai suoi famigli. Ne abbiamo abbastanza di farci comandare da streghe e stregoni! Non ne possiamo più di farci terrorizzare da striscianti e uccelli!

I nostri obiettivi:

1. Aiutare i bambini della notte a fuggire dalle celle e a unirsi a noi.
2. Fare quanto in nostro potere per sconvolgere la vita della fortezza, spaventando le streghe, confondendo gli acchiappatori e turbando gli annusatori.

3. Trovare un modo per lasciare il mondo oscuro del Mago per sempre e tornare nelle nostre case, ovunque siano.

Firmato:

Puzzolo

Donnola

Annusino

Cervellone

Pigiamino

Scheggia

e Cuor di leone

"Che cosa sono questi?" chiese a Genio, che passava con un sacco pieno di pannocchie da mettere in pentola.

"Ah, sono i diari dei primi fuggitivi" rispose il ragazzo. "Un tempo questo dev'essere stato il loro nascondiglio, perché quando siamo arrivati quei quaderni erano già qui.

Abbiamo deciso di darci lo stesso nome ci siamo proposti di aiutare anche gli altri a scappare, proprio come loro."

"Posso sapere che cosa gli è successo?" chiese Billy.

"Oh, io non ne ho proprio idea: quando siamo arrivati se n'erano andati da un pezzo" disse Genio, mentre trascinava il sacco verso il fuoco.

Per quanto tempo avevano vissuto lì i primi fuggitivi? si domandò Billy. *Da quanti anni esisteva quella fortezza oscura?*

Continuò a sfogliare i taccuini, ma trovò perlopiù liste di cose che i fuggitivi avevano trovato nelle loro spedizioni. Poi girò una pagina nell'ultimo quaderno ed ebbe un sussulto.

"Ehi, Saetta, hai letto qui?" chiese, avvicinandosi mentre lei prelevava acqua da un pozzo sotterraneo. In attesa della risposta cominciò a leggere ad alta voce:

Scheggia è scomparsa! Abbiamo trovato questo biglietto sul suo cuscino:

Cari amici,
ho una notizia sconvolgente: ho trovato la prova certa del fatto che da qualche parte in questa fortezza esista un'arma COSÌ POTENTE da poter sconfiggere il GRANDE MAGO in persona. Sono partita alla ricerca. Tenetevi forte: questa potrebbe essere la soluzione a tutti i nostri problemi!

Oh cielo! Sembra un'altra delle idee strambe di Scheggia: speriamo ritorni sana e salva.

"Che cosa ne pensi?" chiese Billy, elettrizzato dalla scoperta.

"Sì, abbiamo visto" rispose Saetta. Billy era stupito della sua apparente indifferenza. "Avete letto l'ultima pagina?"

Billy aprì la pagina finale e mentre cominciava a leggere ebbe un tuffo al cuore.

È passato un anno e Scheggia non è ancora tornata. L'abbiamo cercata infinite volte, ma non c'è traccia di lei, né di qualsiasi tipo di arma. Dev'essere stata fatta prigioniera... o peggio.

"Oh" sospirò Billy deluso.

"Anche noi abbiamo cercato, Billy, ma non abbiamo trovato niente" disse Saetta.

"Nessuno sa cosa sia successo a Scheggia e a tutti gli altri."

"Forse sono tornati a casa" suggerì Billy, ma sapeva in cuor suo che probabilmente erano stati catturati.

Poi qualcuno gridò: "È pronto da mangiare!" e Billy fu quasi travolto dai bambini che si precipitavano verso il tavolo. Lui li guardò stupito mentre sgomitavano per accaparrarsi pannocchie, patate e fette di prosciutto, poi si avvicinò per evitare di rimanere a bocca asciutta!

Nessuno usava forchette e coltelli: erano posate in meno da lavare. E poi era molto più divertente mangiare con le mani! Ma Billy dovette fare presto: come scimmie, i fuggitivi si riempivano la bocca mentre parlavano. In men che non si dica non rimase più nulla: sembrava il pasto degli animali allo zoo!

Nel pomeriggio un bambino andò alla ricerca di provviste: perlustrò tutta la fortezza e tornò a mani vuote. Billy rimase nel nascondiglio a lavare pentole e per tutto il tempo si chiese come e se sarebbe mai fuggito dal mondo oscuro.

“Domani puoi venire con noi, se ti va” gli propose Bussola, mentre lui la guardava svuotare la sacca sul tavolo dopo una spedizione andata a buon fine.

Quello che aveva trovato lo lasciava a

bocca aperta: un apribottiglie, una scatola di fiammiferi, una scopa, una penna stilografica, una lampada da tavolo, un bollitore con un buco e un pelapatate mezzo rotto.

“Certo” rispose Billy, felice di sentirsi abbastanza coraggioso da sgattaiolare in giro per la fortezza.

Cominciava a sentire la stanchezza degli ultimi giorni così pieni di emozioni: fece uno sbadiglio così grande che ebbe l’impressione che stesse la testa fosse sul punto di crollare. Entrò nel buco nella parete dove era sistemato il suo letto e si stese sullo spesso materasso di paglia e di coperte.

Si guardò intorno con occhi assonnati. Non riusciva a crederci. Appena poco tempo prima parlava con Tom sull’angolo di Merlin Place, e ora si nascondeva da un mago misterioso nei sotterranei di una fortezza oscura, con un gruppetto di bambini dalla pelle grigia e dai nomi strambi.

E Tom? Dov'era finito?

Sembra tutto un incubo strano e terribile, pensò Billy, *ma sono certo di non avere più paura del buio come prima. Altrimenti non sarei mai riuscito a sgattaiolare in quei tunnel bui e spaventosi o a stare seduto tutto solo nel parco.*

Billy si sentiva più sicuro. E piano piano diventava più forte.

12

Il giorno dopo Billy rimase a letto a pensare. Cercava di escogitare un nuovo piano di fuga e si chiedeva se sarebbe mai riuscito a tornare a casa.

Potrei arrampicarmi sul tetto ed entrare dal camino, pensò, ma poi gli parve di ricordare che suo padre l'aveva bloccato l'anno prima.

Ok, allora forse potrei sollevare qualche tegola ed entrare in soffitta, si disse. *Potrebbe funzionare!*

All'improvviso all'ingresso apparve Genio e lo distolse dai suoi pensieri.

"Vieni con me a frugare in giro?" gli

chiese con un sorriso amichevole. "Abbiamo bisogno di pentole e padelle."

"Certo" rispose Billy. Aveva la testa piena di idee sconclusionate ed era felice di avere la possibilità di fare qualcosa per distrarsi.

"Stammi vicino, e tieni gli occhi aperti, potrebbero esserci delle creature" disse Genio, passando a Billy una sacca di tela.

"Spero non altri striscianti: li odio" rispose lui, già in preda al panico.

Quegli ometti l'avevano sempre perseguitato negli incubi, ma ora li aveva davvero alle calcagna.

"Non ti preoccupare, Billy, nella fortezza ce ne sono pochi. La maggior parte pattuglia le strade" rispose Genio. Poi il suo viso lungo e lentigginoso impallidì e fece una smorfia. "Ma dobbiamo stare in guardia soprattutto dai segugi mannari!"

"Segugi mannari!" ripeté Billy con un sussulto. "Vuoi dire che ci sono altri mostri qui?"

"Moltissimi, e ognuno ha il suo ruolo" rispose Genio. "Gli annusatori sono come cani da fiuto che cercano chi tenta di scappare, gli acchiappatori sono secondini e streghe e stregoni si occupano delle pozioni."

"E i segugi mannari? Cosa fanno?"

"La loro specialità è l'ultraviolenza. Sono le guardie speciali della fortezza, e devono rispondere solo al Mago.

Fanno la guardia dai parapetti e se trovano un fuggitivo lo fanno a pezzetti in un secondo. Sono il mio incubo peggiore, Billy. In confronto gli striscianti sono cuccioli indifesi."

Con quell'immagine confortante impressa nella mente, Billy seguì Genio fuori dal nascondiglio e insieme si inoltrarono nei corridoi della fortezza. Un passaggio oscuro dopo l'altro Billy cercava di memorizzare il percorso, ma presto si sentì disorientato. Le pareti erano umide di muffa ed emanavano un forte odore acre: quello della paura che sembrava impregnare l'intero edificio.

Dopo un po' raggiunsero uno stretto cortile, immerso nelle tenebre. Di fronte c'era una cucina nera di fuliggine.

"Stai attentissimo!" lo avvertì Genio, mentre sgattaiolavano oltre la pesante porta di legno. "Questo è il regno delle streghe. Se ti prendono, finirai nel pentolone!"

Billy impallidì. "Davvero?" chiese, e la sua faccia grigia diventò cinerea.

"Davvero" rispose Genio con fare solenne. "Ci metterebbero subito in un frullatore e ci ridurrebbero in paté. Ma non ti preoccupare, le streghe hanno già servito la colazione e ora staranno mangiando."

Aprì la porta della cucina e si infilò dentro. Un attimo dopo fece di nuovo capolino.

"Ok, via libera" sussurrò.

Billy prese un gran respiro e lo seguì agitato. Sui fornelli una serie di pentoloni ribolliva e fumava: Billy riconobbe il profumo del cibo stregato della stanza luminosa. Persino in quel momento gli faceva venire voglia di tornarci.

Alla sua sinistra c'era un grande frullatore con dentro una poltiglia grigia: Billy ebbe un sussulto di terrore.

Spero non sia un bambino della notte ridotto in paté, pensò, sentendo salire in gola un conato di vomito.

Lungo la parete c'erano scaffali pieni di bottiglie colme di liquidi e polveri dai colori strani e sgargianti. Altre mensole rischiavano di cedere sotto il peso di salse, erbe, vassoi di prosciutto, carne, formaggio e pane. Quegli aromi deliziosi a Billy facevano girare la testa.

"Incredibile" sussurrò, ma Genio era già sgattaiolato verso una porta dalla parte opposta della stanza. Ci aveva appoggiato contro l'orecchio e l'aveva chiusa facendo scorrere il pesante catenaccio.

"Billy, vieni a sentire" sussurrò Genio, chiamandolo con un cenno della mano.

Billy lo raggiunse in punta di piedi. Oltre la porta sentiva voci ovattate. Alzò la sopracciglia con aria interrogativa e Genio gli sussurrò all'orecchio:

"Sono le streghe" rispose. "Vuoi dare un'occhiata?"

"Sei matto?" chiese stupito Billy. "Così andiamo a cercare i guai."

"Andrà tutto bene" sussurrò Genio, e cominciò a salire gli scalini traballanti che conducevano a un'altra porta, più in alto. "Seguimi."

"Sei sicuro?" domandò Billy.

"Sì: quando le streghe sono impegnate ad abbuffarsi non c'è niente che riesca a distrarle" rispose Genio con un sorriso.

Così Billy lo seguì di malavoglia oltre la porta, su un ampio pianerottolo. C'era un terribile vociare e un odore pestilenziale. Guardò oltre la balaustra di pietra e vide un grande salone attraversato da due lunghi tavoli. Chini su scodelle di stufato e intenti ad accaparrarsi pagnotte c'erano streghe e stregoni avvizziti, polverosi e rugosi. Grugnivano come maiali davanti alla mangiatoia e solo vederli dava a Billy il voltastomaco.

"Non indovinerai mai cosa mi ha detto Drago" Billy sentì dire a una strega nel caos generale. "L'acchiappatore che ha lasciato scappare il ragazzino è stato appeso per il..."

All'improvviso una delle vecchiarde batté il pugno sul tavolo. Era Morwella.

“Silenzio! Non sentite uno shtrano odore?” urlò. “Sembra puzza di bambino!”

All’improvviso cento facce si alzarono e cento nasi si arricciarono per annusare l’aria.

Billy e Genio si accovacciarono sotto la ringhiera e rimasero lì a sbirciare.

“Sento un tanfo terrificante” disse una delle streghe, di nuovo storcendo il naso. Poi ci fu un soffio lungo e rumoroso.

Qualcuno lanciò un grido disgustato.

"Puah! Sei stato tu, Dente Storto. Che schifo!"

"Scusate..." ridacchiò Dente Storto, uno stregone vecchio e grassoccio con l'aria assai compiaciuta. Dopo essersi lamentati a gran voce, gli altri tornarono al banchetto.

Genio tirò la manica di Billy. "Ne avranno ancora per un bel po'. Torniamo alle nostre ricerche" sussurrò, e Billy lo seguì di nuovo nella cucina fumosa.

"Che cosa ci serve?" chiese Billy tirando fuori la sacca.

"Padelle, cucchiai, coltelli e forchette" rispose Genio, aprendo un cassetto e svuotandolo nella sua sacca.

Billy prese una padella e una grattugia da sotto una panca, ma continuava a cadergli l'occhio sul cibo delizioso che affollava gli scaffali. "Possiamo prenderne un po'?" chiese mentre iniziava a riempire la borsa.

"Certo" rispose Genio, e salì in cima alle mensole su una scala con le ruote.

"Prendi!" sussurrò, e cominciò a lanciare a Billy lattine di pesche sciroppate, latte condensato e barattoli di cetriolini. Billy infilò tutto nella sacca.

I calderoni ribollivano, i forni fumavano

e i tubi sibilavano. I due bambini erano così presi dalla loro missione che non sentirono lo scricchiolio della porta del cortile che si apriva.

"Ehi Billy" disse Genio con una risata. "È puzzolente, brutta e saltellante, che cos'è?"

"Non lo so" rispose Billy. "Che cosa c'è di puzzolente, brutto e saltellante?"

"Una strega sul trampolino!" rispose Genio.

"Oh, molto divertente" commentò una voce stridula. Quando si girarono Billy e Genio videro una vecchia tracagnotta che se ne stava in mezzo alla stanza con le mani sui fianchi. Emanava la stessa rabbia di un nido di vespe quando lo si scuote. "Voi finirete nel pentolone, mocciosi rivoltanti."

"CORRI!" gridò Genio, e balzò giù dalla scala con la disinvoltura di un pompiere.

Billy sfrecciò tra credenze e fornelli mentre la strega cercava di acchiapparlo, ridacchiando senza sosta come una iena esagitata.

"Arrendetevi, piccole pesti. Vi ho nel sacco!" gridò esaltata, ma Billy fece finta di scattare a destra, poi a sinistra, e riuscì a seminarla.

"Troppo lenta!" gridò, lanciando un'occhiata dietro di sé, ma corse dritto fra le braccia di un alto stregone che bloccava l'uscita.

Era Jasper, quello con il naso bitorzoluto che qualche giorno prima pattugliava insieme a Morwella. Prese Billy per un orecchio.

"Zapevo che ti avrei trovato!" gridò. Si chinò e avvicinò la faccia a quella di Billy, fissandolo con gli occhi iniettati di sangue. "Ti ridurrò le ossa in poltiglia" sibilò, e conficcò le sue unghie appuntite nel lobo di Billy.

"Ahiii!" urlò Billy per il dolore. Poi si sentì sollevare da terra. Si dimenò e scalciò, ma lo stregone aveva una forza incredibile e lo portò fino al grande frullatore. Alzò il coperchio con il gomito e tenne Billy sospeso sopra il contenitore aperto. Le enormi lame cominciarono a girare.

"No!" gridò Billy. "*NO!*"

Con la coda dell'occhio vide Genio che si lanciava contro la prima strega, assestandole una spallata in pancia.

"Ahi!" sospirò lei, piegata in due, senza fiato. Genio prese un carrello carico di stoviglie e lo spinse con tutte le sue forze. Il carrello si schiantò per terra e colpì il fianco ossuto di Jasper.

"Aargh!" gridò, lasciando andare Billy e contorcendosi per il dolore.

Billy atterrò sul bordo della macchina. Le lame roteavano sotto di lui, e per un nonnulla non scivolò. Ma con grande sforzo, infine riuscì a sollevarsi e a rotolare fuori dal frullatore.

Ora dalla stanza accanto veniva il rumore di passi precipitosi.

"*Scappa!*" gridò Genio. Billy non se lo fece ripetere due volte e fece uno scatto contro la porta.

"Torna qui, mascalzone" gli ordinarono la strega e lo stregone zoppicando alle sue calcagna mentre dalla porta della sala da pranzo delle streghe arrivava un gran rumore di colpi.

Un colpo dopo l'altro si sentì il legno della

porta che si spezzava aprendo la strada a un fiume di streghe.

"TORNA QUI!" sbraitarono, ma Billy e Genio erano già usciti dalla stanza e correvano oltre il cortile. Il raccapricciante gruppo di vecchiacce stava alle loro calcagna e lanciava urla spaventose.

All'improvviso Billy sentì uno strano latrato e fu scosso da un brivido di paura.

"Che cos'è?" chiese con un sussulto.

"Un grosso guaio" rispose Genio con un'espressione di puro terrore. "Sono i segugi mannari. Se ci prendono, saremo carne da macello."

Billy corse a perdifiato, senza osare guardare a destra o a sinistra, e intanto tutto intorno echeggiavano ringhi e ululati. Quei versi rimbombavano contro le pareti, e non si capiva da dove venissero.

Billy era totalmente smarrito, ma Genio sembrava conoscere ogni oscuro passaggio, ogni tenebrosa scorciatoia e ogni spiazzo spettrale. Billy rimase vicino all'amico e presto si ritrovarono nel tunnel segreto che portava al loro nascondiglio.

"Ce l'abbiamo fatta!" gridò, entrando nella caverna.

"Yu-hu" gli fece eco Genio, e insieme scoppiarono in una risata di immenso sollievo.

13

La mattina dopo Billy camminava di nuovo per le strade nere come la pece della città, tra le torri minacciose della fortezza. Avrebbe voluto tornare a casa, stavolta per conto suo, e fare il tentativo di sollevare qualche tegola. Se avesse scoperto di poter entrare dal tetto, avrebbe cercato Tom e insieme sarebbero scappati dal mondo oscuro.

Ma questo piano era stato rimandato. Ora era impegnato nella pericolosa missione di salvare i bambini della notte dai pozzi. Faceva fatica a ricordarsi tutto quello che gli aveva detto Saetta.

La sera prima la ragazzina aveva chiamato a raccolta tutti i fuggitivi e aveva aperto sul tavolo una grande mappa. Era composta da centinaia di pezzi di carta incollati con lo scotch e disegnati da diverse mani. Era una cartina della fortezza e del terreno circostante. Billy fece un fischio di sorpresa. Non aveva idea di quanto fosse grande l'edificio.

Mentre Saetta descriveva il percorso che avrebbero seguito nelle strade buie, poi attraverso una landa desolata fino ai temuti pozzi, Billy si rese conto che sarebbe morto di paura.

"Che cosa diavolo sono i pozzi?" chiese.

"Gigantesche cave da cui si estrae la pietra di cui è fatta la fortezza" rispose lei. "È un posto orribile, Billy. Ci mandano i bambini della notte più terrorizzati. Sono obbligati a scavare con pala e piccone ed è un lavoro così duro e intenso che gli distrugge la mente.

ATTENZIONE! I POZZI!
PRATERIA
LE COLLINE
CHILOMETRI DI LANDE DESOLATE
LA FORTEZZA
TANE DEI SEGUGI MANNARI
TACCOLE
CUCINE
GALLERIA DESERTA
LE CELLE
CAMPO DA GIOCO
QUI VIVE IL MAGO!
TORRE DEI PRIGIONIERI
SERBATOIO DELL'ACQUA
INGRESSO PRINCIPALE
PORTINERIA
LA CITTÀ

Molti di loro vorrebbero disperatamente fuggire. Ci aiuterai, vero?"

"Certo" rispose Billy. Il solo pensiero lo rendeva nervoso, ma sapeva di doversi sdebitare con i fuggitivi. Dopotutto gli avevano salvato la vita.

Ora, mentre raggiungevano la grata arrugginita delle mura esterne del castello, nel cielo nero risuonava un sinistro ululato. Billy alzò lo sguardo e vide un branco di segugi mannari dalla schiena gobba che pattugliavano da sopra i bastioni. Era la prima volta che vedeva le guardie più fidate del mago e, anche a quella distanza, lo lasciavano senza fiato dalla paura.

Mentre Genio e Fantasmino tiravano su la griglia e la appoggiavano contro il muro, lui si fece piccolo piccolo. Poi si infilò nella fessura con gli altri e corse lungo uno stretto sentiero che costeggiava i campi.

Billy riconobbe il cancello con il cartello

arrugginito con scritto "PERICOLO".

Quando andava a trovare i nonni con mamma e papà, passava spesso di lì.

Si ricordò quanto gli mancavano: era più deciso che mai a tornare a casa. Seguì in silenzio i fuggitivi oltre il cancello e nel campo.

Mentre Billy saliva la collina e attraversava un campo dopo l'altro, un vento tempestoso soffiava nuvole sfilacciate sopra la pallida luna. Il gracchiare lontano delle taccole lo fece sussultare: pensò a quando era stato attaccato in salotto da uno di quegli uccelli.

Presto il terreno si fece più aspro e irregolare, cosparso di crateri e coperto di erba alta che gli sferzava le gambe. Gli ci volle un po' per capire che si trovava nei pressi della vecchia fabbrica di mattoni appena fuori città. Lui e Tom ci erano già stati e si erano divertiti a sfrecciare su e giù in bicicletta negli avvallamenti.

Povero Tom. Dove sarà adesso? Si chiese.

Alla fine lui e i suoi compagni arrivarono in

cima a un crinale e Billy si accovacciò dietro una roccia.

"Bene, eccoci ai pozzi" disse Saetta. "Date un'occhiata."

Con gli occhi pieni di terrore, Billy guardò oltre le rocce ed ebbe un sussulto di terrore.

Tra le mura bianche di un'ampia cava c'era uno sciame di bambini della notte che lavoravano muniti di picconi facendo schizzare grandi massi sul pavimento. Altri, dall'aria esausta e sciupata, li dividevano in blocchi quadrati con scalpelli e cunei. Nella cava si alzavano volute di polvere, e nell'aria risuonava il frastuono di mille attrezzi che battevano incessantemente.

È la vecchie cava di calcare, si disse Billy, ma quel posto era diverso da quello che conosceva. La cava era chiusa da anni ed era stata trasformata in una riserva naturale, ma ora c'era un'enorme ferita di roccia bianca che sembrava splendere nell'oscurità. Poi

Billy vide qualcosa che lo lasciò senza fiato.

"Che cosa..." riuscì a dire prima che la voce gli si spegnesse in gola.

"Gli uomini dell'ombra" rispose Saetta. "Sorvegliano i lavoratori dei pozzi, e sono da sempre nei miei incubi."

Billy non aveva mai visto creature simili. Erano ombre gigantesche e terribili, come nuvole fatte di polvere, ma erano enormi, alti il doppio di un uomo adulto, e sembravano dotati di una forza immensa. Si aggiravano per la cava e gridavano ordini simili a muggiti, radunando i bambini.

"Presto alcuni dei bambini della notte verranno riportati nelle loro celle" disse Saetta. "Passeranno in quello stretto corridoio, e sarà lì che attaccheremo."

Billy sbirciò tra le tenebre e riuscì a malapena a distinguere il sentiero alla base della collina. Era il punto perfetto per un'imboscata.

"Scenderemo giù per il terrapieno silenziosi

come serpenti e poi, *bam*: accadrà tutto in un attimo!" disse Genio con un gran sorriso.

Si misero in attesa. I minuti passavano lenti, e proprio quando Billy cominciava a sospettare che Saetta avesse calcolato male i tempi, sentì un rumore sovrastare quello degli attrezzi: il tonfo di passi pesantissimi. Cominciò a osservare con una certa ansia il passaggio sottostante. All'inizio non riusciva a vedere niente. Poi il chiaro di luna illuminò un uomo dell'ombra: camminava seguito da uno sciame di bambini sfiniti. Un altro gigante chiudeva la fila.

Billy guardò Saetta: osservava concentrata il corridoio con occhi terrorizzati. Poi alzò una mano e fece un cenno. I fuggitivi scattarono in piedi sul crinale come un gruppo di guerrieri Sioux. Si divisero in due gruppi: uno si avvicinò al gigante che apriva la fila e uno a quello in fondo. Il cuore di Billy batteva all'impazzata e i suoi nervi erano tesi come corde di violino, ma non si era mai sentito così vivo.

Scivolò giù per il terrapieno dietro Saetta, si rannicchiò dietro un cespuglio e aspettò. Quando gli uomini dell'ombra cominciarono a salire, Saetta lanciò un urlo assordante.

"Caaaarica!"

Billy saltò fuori dal suo nascondiglio e corse dritto incontro ai giganti, gridando con tutto il fiato che aveva in corpo.

Presi alla sprovvista, quelli si fermarono. Un gruppo di fuggitivi corse verso uno di loro in fondo al gruppo, mentre Billy e gli altri si occuparono di quello davanti. Lo braccarono per le caviglie e lo colpirono appena sotto il ginocchio. Billy si sarebbe quasi aspettato di passarci attraverso, ma il mostro non era fatto di polvere, tutt'altro. Fu come colpire un immenso garbuglio di lana ispida. Le mani di Billy affondarono fino ai polsi nella sostanza ruvida e scura di cui era fatto l'uomo dell'ombra.

I goffi omoni muggirono rumorosamente, caddero all'indietro e rotolarono dietro gli altri fuggitivi, che si erano accovacciati più indietro. Colpirono il terreno con un tonfo.

"Siamo i fuggitivi: unitevi a noi!" disse Saetta in tutto quel pandemonio. Alcuni bambini le corsero incontro, ma altri rimasero pietrificati. Billy prese per mano uno di loro e se lo trascinò dietro. "Forza, andiamo!" lo incoraggiò, ma il bambino aveva gli occhi pieni di terrore.

"C-c-che succede?" balbettò mentre si divincolava. "Chi sei tu?"

"Sono Billy, un fuggitivo, e sono venuto a salvarti!" disse.

Ma il bambino era ancora spaventato.

"Non abbiamo molto tempo" sussurrò Billy, indicando uno dei due uomini dell'ombra che cominciava a rialzarsi dalla caduta.

"D-d-d'accordo!" esclamò il bimbo, e corsero via insieme.

Mentre la luna sbucava oltre una nuvola nera illuminando il passaggio, Billy guardò il ragazzino che correva accanto a lui ed ebbe un'illuminazione! Era molto magro, con le orecchie un po' a sventola, e anche con gli occhi rotondi e la pelle grigia, Billy fu certo di averlo già visto. Poi quella sensazione passò e Billy credette di esserselo soltanto immaginato.

Un forte muggito fece tremare l'aria e Billy si fermò di colpo. Quando si voltò vide i giganti che si alzavano e radunavano i bambini restanti in un gruppetto. Fantasmino era ancora tra loro!

Cercò di scappare, ma un uomo dell'ombra lo prese per la collottola e lo strinse forte.

"Aaaargh!" gridò il ragazzino.

"Fantasmino!" lo chiamò Billy, che lo fissava terrorizzato mentre il gigante lo stritolava sempre di più.

"Aiuto!" implorò Fantasmino, ma le sue urla furono soffocate dall'oscurità confusa del corpo dell'uomo dell'ombra. Presto di lui non restò nulla. Billy non credeva ai suoi occhi.

"Sbrigati, Billy. Non possiamo fare niente" gridò Saetta. Poi un terzo gigante li seguì nel corridoio: i suoi passi sbattevano per terra come enormi sacchi di farina.

Billy si riscosse dalla sua trance e ricominciò a camminare, guidando il bambino che aveva salvato lungo un tunnel che portava in cima alla collina. Gli uomini dell'ombra erano troppo lenti e goffi per affrontare la ripida salita, ma cominciarono a muggire forte.

"Ok" disse Saetta, quando Billy ebbe raggiunto il crinale. "D'ora in poi silenzio totale. State vicini e all'erta."

Billy non disse un parola e cominciò a tremare.

"Stai bene?" gli chiese Setta.

"Non hai visto? Fantasmino è appena sparito!" rispose.

Lei annuì con aria grave. "Lo so. È terribile, Billy, ma dobbiamo andare avanti."

"È..." cominciò Billy, ma non riuscì a finire la frase.

"Morto? No, ma non vorrei essere al suo posto" rispose Saetta con voce tremula. "È stato risucchiato nella sostanza scura dell'uomo dell'ombra. Poi riprenderà la sua forma...." Guardò l'orizzonte davanti a sé. "Dobbiamo andare." disse. "Ok?"

Billy era scioccato, Saetta aveva perso molti amici per colpa delle creature della notte, e lui non doveva essere d'intralcio.

"Sì, andiamo" disse, e si avviarono di buon passo seguendo le impronte sul crinale.

Andò tutto bene fino a metà strada. Lì,

all'improvviso, scese dal cielo un immenso stormo di taccole, simili ad aerei da combattimento.

"Attenzione!" urlò qualcuno, e i bambini si sparpagliarono in tutte le direzioni.

Billy corse via, balzando alla cieca tra le rocce e scavalcando grandi chiazze d'erba mentre gli uccelli gracchiavano, beccavano e gli brandivano contro gli artigli.

Poi, con un sospiro, cadde in un crepaccio arido e profondo e si nascose tra le felci.

Aveva il viso pieno di graffi e le mani segnate da ferite sanguinanti. Stava immobile nell'erba e gli uccelli volavano in tondo e

gracchiavano sopra la sua testa.

Passò un bel po' di tempo prima che fosse sicuro di essersene liberato, poi scostò le foglie e uscì cauto dalla voragine.

"S-s-sei tu, Billy?" chiese una voce tra le piante, e Billy la riconobbe all'istante. Alzò la testa. Era il bambino che aveva salvato... ma quella che aveva riconosciuto era la voce del suo migliore amico.

"Tom!" esclamò Billy.

"N-no, 5572" rispose il bambino un po' incerto.

"Non mi riconosci?" chiese Billy. Dall'ultima volta che si erano visti nella stanza luminosa il suo amico era cambiato ancora, ma era sicuro che ci fosse lui dietro quella pelle grigia e quegli occhi grandi da bambino della notte.

"Siamo nella stessa scuola... nella stessa classe. *Siamo migliori amici!*"

Il bambino scosse la testa stralunato. Sembrava che non capisse niente di quello che diceva Billy. “Sono 5572” ripeté.

Billy gli afferrò la mano e lo aiutò a uscire dal fosso. “Non importa” disse. “Meglio che torniamo al nascondiglio.”

Erano in cima a una collina alta e disseminata di rocce. Quando Billy guardò il paesaggio illuminato dal chiaro di luna ebbe un tuffo al cuore. Vedeva in lontananza la fortezza, ma non c’era traccia degli altri fuggitivi. Tutta la sua paura del buio tornò a galla così improvvisamente da travolgerlo, ma sapeva che doveva farsi coraggio per Tom, o chiunque fosse quel bambino della notte atterrito che sembrava persino più spaventato di lui.

Tirò fuori dalla tasca l’orologio e sentì il suo piccolo cuore ticchettante. Gli ritornò in mente la sera in cui papà gli aveva assicurato che quell’oggetto gli sarebbe stato d’aiuto, così sbatté le palpebre e cacciò indietro le lacrime. Si sentiva più lontano da casa che mai, ma stringere il suo amuleto gli dava forza.

“Andiamo” disse, cercando di sembrare impavido.

Il bambino annuì nervosamente, e insieme si precipitarono giù per la collina. Un miglio più in là la fortezza assomigliava a una grande falesia circondata dalle case fatiscenti della città. Billy si avvicinò tenendo gli occhi aperti, pronti a cogliere il minimo movimento delle creature striscianti della notte nella campagna buia e spazzata dal vento. Il suo compagno era in preda al panico e sussultava al minimo rumore, ma Billy continuò a rassicurarlo, e arrivarono sani e salvi alle mura esterne della fortezza.

“Ora dovrebbe andare tutto liscio” disse Billy, aiutando il suo amico a uscire dal buco nella grata e guidandolo in uno dei sentieri tortuosi che si snodavano labirintici dalla fortezza.

Ma i loro guai erano tutt’altro che finiti.

14

"Aiuto, aiutateci." sussurrò Billy, cercando di rimettere a posto la grata, ma quella gli scivolò dalle mani e cadde a terra con un CLANG!

Da lontano si sentirono dei latrati confusi. "Ci mancava solo questa" sospirò Billy. "Usciamo subito da qui".

Si fiondarono giù per il sentiero, ma girato l'angolo Billy vide dei segugi mannari che stavano per raggiungerli. Si fermò di scatto. Genio aveva ragione: erano raccapriccianti, come creature venute dalle profondità dell'inferno.

Alti e imponenti come uomini, camminavano

sulle zampe posteriori, ringhiando, digrignando i denti e alzando il muso per ululare alla luna. Portavano un'armatura e alcuni di loro reggevano una torcia con una zampa. Sbavavano, e i loro occhi rossi luccicavano alla luce tremula delle fiamme.

Billy tornò indietro e trascinò il suo compagno in uno stretto passaggio.

Il cuore gli batteva all'impazzata.

"Sbrigati! Se ci prendono saremo cibo per cani" disse, ma il suo compagno non si muoveva.

"Non è uno scherzo!" insisté Billy. Il bambino della notte si riscosse e Billy lo trascinò nel passaggio mentre dietro di loro forti ululati laceravano la notte.

"Uuuf!" I mostri erano vicini.

Corsero in un piccolo cortile, e Billy lanciò un grido di terrore. Erano in un vicolo cieco! Spinse il suo compagno nelle tenebre più fitte mentre i segugi mannari entravano nel passaggio e si avvicinavano lentamente, ringhiando sempre più forte.

"S-s-siamo finiti, Billy" sussurrò il bambino della notte.

Poi le nuvole si diradarono un po' e alla luce fioca della luna Billy vide alcuni mattoni sporgere dalle mura formando un motivo decorativo. Erano come piccoli gradini.

“No, non ancora. Seguimi!” disse, e cominciò ad arrampicarsi. Erano larghi a sufficienza per poterci giusto posare il piede, e lui dovette appiattirsi contro il muro, cercando punti di appiglio e aggrappandocisi con tutte le sue forze. Dal cortile sottostante arrivavano latrati furiosi: Billy si forzò a non guardare giù. I segugi pattugliavano il cortile, alla ricerca disperata della loro preda.

“Non guardare in alto...” sussurrò a se stesso, ma per fortuna i mostri non avevano sentito il suo odore e quello del bambino della notte. Frustrati ed esausti, gli animali cominciarono a lottare tra loro. Con un esplosione di guaiti cominciarono a strapparsi l’un l’altro grandi chiazze di pelo.

Billy aveva le gambe molli dalla paura, ma continuò a salire, facendo strada al suo amico terrorizzato.

A un certo punto raggiunse una finestra senza vetri, si arrampicò sul davanzale ed

entrò. Si ritrovò in una grande stanza vuota con gli angoli pieni di ragnatele che pendevano dal soffitto come tende polverose.

"Billy!" disse una vocina dall'esterno. Lui si sporse e tirò su il bambino della notte.

"Stai bene?" chiese Billy.

Il ragazzino annuì. Mentre cercava di riprendere fiato, il suo petto si alzava e si abbassava. Alla fine si accasciò a terra esausto.

"Senti, posso anche chiamarti 5572" disse Billy, sedendoglisi accanto. "Ma mi sembra sciocco. So che il tuo vero nome è Tom. Non ti ricordi niente di casa tua? Non mi riconosci?"

Il bambino fissò Billy con una smorfia concentrata. Poi scosse la testa.

"Pensaci, ti prego!" disse Billy, che per un attimo si era scordato di essere cambiato anche lui.

"Al tuo compleanno ti regaleranno una nuova X-station: mi hai invitato a giocare con te. Andiamo alla Castle Lane School."

Piano piano il viso del bambino si illuminò. "Aspetta un attimo. F-forse ricordo: ma solo a tratti. Sei cambiato, Billy."

"Siamo cambiati tutti."

Poi sul viso di Tom apparve un sorriso raggiante. "Sì. Ora ricordo. C'è un insegnante che si chiama, ehm... Grisly?"

"Ci sei quasi: è il vecchio Grisly Griswald!" rispose Billy con una risata. Ora che aveva ritrovato Tom non si sentiva più così solo: gli occhi gli si riempirono di lacrime di gioia. "Non ti preoccupare, Tom" disse. I due amici continuarono a sorridere felici. "Un giorno fuggiremo di qui e torneremo a casa."

"Come?"

"Be', ci sto ancora lavorando" rispose Billy, alzandosi e spazzando via la polvere dalle mani.

"Ma se restiamo qui seduti, non risolveremo niente. Prima di tutto dobbiamo tornare nel covo dei fuggitivi. Sei pronto?"

Tom annuì. “D-d-da che parte andiamo?”

“Questa è un’ottima domanda!” rispose Billy, avvicinandosi all’unica porta della stanza. Girò il pomello e la aprì piano piano. I cardini arrugginiti emisero un forte cigolio, ma il corridoio su cui sbucò era deserto. “Mi sa che dobbiamo andare da quella parte” disse.

Era un passaggio lungo e buio, e il silenzio era terrificante. Attraversarono delle piccole celle con alcune sedie ricoperte di ragnatele, vecchi materassi e tavoli a tre gambe. Billy cominciò a sentire dei passi ovattati. Qualcuno stava arrivando dall’altra estremità.

“Oh, grandioso!” sussurrò in tono sarcastico, poi si infilò in una delle celle laterali. In un angolo c’era un tavolo con una brocca d’acqua a un pezzo di formaggio ammuffito.

Accanto c’era un grande baule. Billy ci diede un’occhiata e alzò il coperchio. Era pieno di vecchie coperte.

"Vieni qui, presto!" sussurrò.

I passi si facevano più vicini e con un'espressione di puro terrore Tom saltò dentro il baule subito seguito da Billy. I due bambini si nascosero sotto le coperte.

Non fecero neanche in tempo ad abbassare il coperchio che i passi cominciarono a risuonare nella stanza.

Billy sbirciò da una fessura nel legno e tentò di capire chi fossero i visitatori. Vedeva una massa di capelli viola, una testa pelata e rugosa, due mantelli neri e delle dita lunghe e appuntite.

"Una strega e uno stregone!" mormorò Billy.

"Oh, odio le streghe!" rispose Tom con la voce soltanto in parte ovattata dalle coperte. "Mi fanno venire degli incubi terribili."

"Sshh" lo zittì Billy, ma sentiva il suo amico tremare di paura.

Qualcuno si sedette sul baule con uno scricchiolio di ossa artritiche. Billy sentì la voce di un uomo che aveva il naso tappato e respirava dalla bocca emettendo il gorgoglio di uno scarico intasato. Billy fu certo di aver già sentito quel suono, ma non sapeva dove.

"Non ne posso più di badare a questa maledetta prigioniera" si lamentò lo stregone. "Sbarazziamocene una volta per tutte."

"Vuoi sfidare il Mago? Hai perso quel poco sale che avevi in zucca?" gracchiò una voce femminile. "Forza, è ora di darle da mangiare."

Il vecchio emise un grugnito infastidito. "Vorrei spezzarle quello stupido collo" sibilò, ma il baule scricchiolò e lui si alzò. Poi ci fu un colpo e il rumore di vetri rotti.

"Guarda cos'hai fatto!" sbottò la donna. "Prendi uno straccio e asciuga."

"Smettila di starnazzare" rispose lui e poi,

con grande orrore di Billy, il coperchio si alzò e la coperta più in alto fu tolta. Billy si trovò di fronte lo stregone calvo e lo riconobbe subito: era lo spaventoso vecchio che l'aveva servito in drogheria.

Per fortuna stava guardando in cagnesco la sua compagna, ma gli sarebbe bastato girare la testa per vedere i due bambini nascosti tra le coperte.

Per loro sarebbe stata la fine: si sarebbero

ritrovati di nuovo nelle loro celle. Billy non osava respirare. Strinse la mano tremante di Tom per rassicurarlo: ci era mancato un pelo!

Le ossa dello stregone scrocchiarono mentre si chinava ad asciugare il liquido che aveva rovesciato per terra. Poi, imprecando e mugugnando, si alzò aggrappandosi al bordo del baule. Per poco non sfiorò con la mano la punta del naso di Billy, che fu nauseato da una terribile puzza di marcio. Alla fine lo stregone avvizzito buttò la coperta fradicia nel baule e sbatté il coperchio senza mai abbassare lo sguardo.

"Andiamo" gracchiò la donna, e Billy sentì lei e lo stregone trascinarsi fuori dalla stanza. Fece un gran sospiro di sollievo, sollevò il coperchio e uscì dal baule. Tom lo seguì.

"S-s-sono usciti?" chiese con voce tremante.

"Sì, via libera!" esclamò Billy, guardandosi intorno. "Forza, seguiamoli e scopriamo chi è la prigioniera."

"Sei matto?" disse Tom. "O-o-odio le streghe, Billy."

"Ma forse la prigioniera è un'altra bambina della notte" rispose Billy. "Forse riusciremo ad aiutarla." Tom rimase in silenzio con lo sguardo basso: Billy capì che era spaventato a morte.

"Ok, non importa. Posso tornare dopo con qualche fuggitivo" disse. "Andiamo al covo."

"N-n-no. Hai ragione, Billy" sussurrò Tom. "Dovremmo almeno scoprire di chi si tratta."

"Sei sicuro? Nessuno ci obbliga."

"S-s-sì: mi sono comportato da f-f-fifone" disse Tom, diventando di un grigio un po' più scuro per l'imbarazzo.

"Non ti preoccupare. Tutti abbiamo paura di qualcosa" disse Billy, sentendosi più coraggioso che mai, e appoggiando una mano sulla spalla dell'amico per rassicurarlo.

15

"Che schifo!" esclamò Billy, mentre seguivano la scia puzzolente dei due stregoni lungo il corridoio. "Non ci vuole molto a capire da che parte sono andati!"

Presto si ritrovarono in un'ampia stanza. Al centro c'era un cella di pietra con una porta robusta. Le finestre, da una parte e dall'altra, erano sbarrate.

"Alzati, disgraziata" gridò lo stregone, infilando un bastone tra le sbarre.

Billy entrò nella stanza, si nascose dietro una colonna e fece cenno a Tom di seguirlo.

La strega dai capelli viola aprì uno sportello

in fondo alla porta e Billy sentì un rumore provenire dall'interno.

"Ecco il tuo pranzo!" gracchiò la strega e con un calcio buttò dentro la cella un vassoio con del pane e del formaggio ammuffiti.

"Se fosse per me, ti darei in pasto ai segugi mannari" disse lo stregone sputacchiando dalle labbra flosce e umide, mentre sbirciava tra le sbarre con il suo occhio scuro e iniettato di sangue.

"Be', non sei tu a decidere, quindi vattene. Eh eh!" rispose una vocina.

"Aspetta e vedrai. Arriverà il mio momento, e allora non sarai così spavalda!" disse con un rantolo catarroso. "A più tardi."

"Vai al diavolo!"

La strega e lo stregone si scambiarono un sorriso spettrale e uscirono dalla stanza. Non appena si furono allontanati Billy si avvicinò alla cella, salì su uno sgabello sotto una finestra e sbirciò tra le sbarre. Seduta a un tavolo c'era un piccola figura incappucciata che gli dava le spalle.

"È una bambina della notte!" sussurrò, mentre Tom saliva sullo sgabello accanto a lui. "Ehi, tu, psst!"

Al suono della sua voce la prigioniera ebbe un sussulto e si girò a guardare. Billy rimase sbalordito: era, sì, una bambina della notte, non più alta di lui, ma la sua pelle grigia era butterata e avvizzita come quella di una patata rinsecchita. Sembrava una piccola vecchietta che non fosse mai cresciuta!

"Stai bene?" chiese Billy, un po' sorpreso. "Chi sei?"

"Scheggia" rispose la strana creatura.

Questo nome l'ho già sentito, pensò Billy, mentre saltava giù dallo sgabello e si avvicinava alla finestra sbarrata. Lei salì sul letto, così si ritrovarono faccia a faccia. Lo guardò con occhi che l'età aveva reso lattiginosi.

“Voi siete fuggitivi!” esclamò.

“Esatto. Io sono Billy e lui è Tom.”

Tom la salutò con un gesto nervoso della mano.

“Anch’io sono una fuggitiva!” ridacchiò Scheggia, poi guardò dietro di sé, come per controllare che non ci fosse nessun altro, e aggiunse con un sussurro: “Sapevo che prima o poi sarebbe arrivato qualcuno, eh eh... È vero, sai, Billy. È tutto vero.”

“Che cosa?” domandò Billy, chiedendosi per quanto fosse rimasta lì rinchiusa da sola, e se non fosse diventata un po’ matta.

“La spada!” disse Scheggia, e fece un’altra stridula risatina.

All’improvviso Billy capì: quella era la fuggitiva che era scomparsa dopo essere partita alla ricerca di un’arma leggendaria in grado di sconfiggere il potente Mago. Che cosa ci faceva lì rinchiusa da sola? Dov’erano tutti i suoi amici?”

"Tanti anni fa, quando ero giovane, andavo alla ricerca non di provviste, ma di conoscenza" disse senza prendere fiato. "Mi intrufolavo nella biblioteca dove sono custoditi gli archivi della fortezza, sceglievo qualcosa di interessante e mi arrampicavo fino alla trave più alta del soffitto. Mi sedevo lì a leggere, molto più in alto della strega bibliotecaria. Così scoprii molte cose sulla fortezza e sul suo funzionamento, e lessi la storia della spada."

"Com'era?" chiese Billy, cominciando a pensare che fosse totalmente svitata. Con un sorriso Scheggia si tolse una scarpa, alzò la suola e tirò fuori un rotolo di carta ingiallita appiattito e un po' puzzolente. Lo porse a Billy.

"Che cosa ne pensi di questo?" ridacchiò.

Dubbioso, Billy aprì il foglio e cominciò a leggere ad alta voce:

Scrivo questo biglietto nella certezza che da qui a un'ora non sarà più vivo. Sono l'ultimo membro di un antico ordine di Cavalieri votati a combattere l'oscurità in tutte le sue forme. Siamo alla ricerca del Mago da un'eternità. Al mio fianco avevo la spada della luce splendente, l'unica arma in grado di distruggere il Mago e tutto il suo mondo. È l'unica cosa di cui lui abbia davvero paura.
Ho scoperto dove si trovava questa grande fortezza e, sicuro di me, mi sono intrufolato nei suoi oscuri sentieri e sono salito sui bastioni. Lì sono stato aggredito da un branco di segugi raccapriccianti, creature da incubo. Mi sono venuti incontro ululando e sbavando, ma io ho ferito i loro musi scheletrici con la mia spada e loro sono crollati a terra. Purtroppo cominciavo a sentire il peso dell'età: dopo aver sconfitto l'ultimo di quei mostri è cominciato

a mancarmi il fiato. È stato allora che è apparso il Mago, sorpreso e spaventato alla vista della spada abbagliante.

"Per tutta la virtù e la nobiltà d'animo, sei finito!" ho urlato, brandendo la spada. Ma al primo passo ammetto con vergogna di essere inciampato e crollato senza forze. Il Mago mi ha tolto di mano la spada senza difficoltà.

"Hai fallito, Cavaliere, e ti sei giocato la vita" disse con un ghigno. "Qual è la tua ultima preghiera?"

"Permettimi di lasciare un ricordo di questi ultimi istanti per segnare la fine del mio ordine e della nostra eterna missione e scrivere nero su bianco che tu hai vinto" ho detto. Lui ha acconsentito: con queste ultime parole finisce la ricerca del terribile Mago, cui ho dedicato la mia vita.

"Wow!" esclamò Billy sbalordito. "È incredibile, ma non so come possa esserci d'aiuto."

"Giralo. C'è dell'altro" disse Scheggia. "Ed è stato scritto dal Mago in persona!"

Billy girò il foglio e lesse sul retro:

Billy fece un fischio. "Ma come sai che è

> Mi sono lasciato alle spalle tutte le preoccupazioni tutti i pericoli, e ora non ho più niente di cui aver paura. Mi sono sbarazzato di quel cavaliere presuntuoso, e finalmente sono in possesso della spada abbagliante.
> La sua luce accecante mi ha bruciato la pelle, quindi l'ho scagliata a terra. Qualcosa si è rotto e la lama si è offuscata. Ora i miei nemici non potranno più usarla contro di me. L'oscurità ha vinto e la mia supremazia è inattaccabile.
>
> M

autentico e non è parte di qualche lontana leggenda?"

"Perché ho trovato la spada, Billy" disse Scheggia. "Un'arma così potente da poter sconfiggere il mago. Mi ci sono voluti anni di ricerche, ma l'ho trovata. Ah ah!"

16

Billy diede un'occhiata d'insieme alla cella, come se si aspettasse di veder comparire la magica spada da un momento all'altro.

"Allora dov'è?" chiese.

"Oh, non ce l'ho io!" disse Scheggia, come se fosse ovvio. "Ma ho trovato un grande blocco di pietra con l'incisione di una spada. Poi il Mago mi ha scoperta e mi ha rinchiusa qui, lontano da tutti, perché so dov'è nascosta l'arma."

"Aspetta un attimo: quindi non hai visto la spada. Hai visto solo l'incisione!" esclamò Billy incredulo. "Come fai a sapere che esiste?"

"Ho sentito il suo potere, Billy. Era così vicina che mi ha dato un brivido in tutto il corpo. Sono certa che sia dentro quella pietra! Dovete trovarla e usarla per sconfiggere il Mago!"

"Ehi, vacci piano!" esclamò Billy. "Abbiamo solo dodici anni! Non possiamo competere con il grande Mago."

"P-p-proprio no" confermò Tom.

"Non buttarti giù, Billy" disse Scheggia. "Pensaci: se riuscirete a prendere la spada, potrete liberarci tutti."

"Sì, ma... è il Mago!" rispose Billy con voce tremante. L'aveva visto a malapena, ma il suo cuore batteva all'impazzata al solo pensiero.

"Abbiamo tutti paura, Billy, ma qualcuno deve farsi coraggio, altrimenti resteremo intrappolati qui per sempre, eh eh!"

"E tu ne hai di coraggio, Billy" intervenne Tom.

Poi, guardando Scheggia aggiunse: "Mi ha

salvato dagli uomini dell'ombra e si ricorda casa sua e tutto il resto."

"Ti ricordi casa tua?" chiese Scheggia stupita.

"Be', sì, ma..." borbottò Billy.

"Questo dimostra che sei speciale, non capisci?" disse Scheggia. "Significa che sei più forte di noi: puoi resistere al potere del Mago. Devi trovare la spada."

"Non lo so" disse Billy, sentendosi un po' sciocco.

"È vero" insisté Scheggia. "Potresti salvarci tutti."

Forse la prigioniera non aveva tutte le rotelle a posto, ma Billy cominciò a sospettare che avesse ragione. Ogni giorno lui perdeva un po' la memoria, e sapeva che non gli restava molto tempo. Ma era l'unico bambino della notte a ricordarsi di casa sua, e forse questo dimostrava che era il solo a poter riportare tutti dalle loro famiglie.

Sconfiggere il Mago era l'unica soluzione. Ma aveva davvero il coraggio di affrontarlo?

Afferrò l'orologio da taschino. Pulsava di un'energia che si irradiava lungo il suo braccio e nel petto, fino a raggiungere tutto il corpo, infondendogli nuova forza. Ora sapeva che papà aveva ragione: quell'oggetto era davvero un portafortuna.

"Ok. Quindi, dove trovo questa spada?" chiese.

"Eh-eh! Sapevo che avresti accettato" gridò Scheggia. Saltò giù dal letto, prese il coltello dal vassoio della colazione e fece un taglio vicino alla cucitura del materasso. Ci infilò dentro un dito e tirò fuori un altro pezzo di carta stropicciato. Era uno schizzo del torrione principale della fortezza.

Al piano superiore c'era scritto "Appartamento del mago", appena sotto "Guardia personale del mago" e più in giù c'era un'entrata nascosta segnalata con una X.

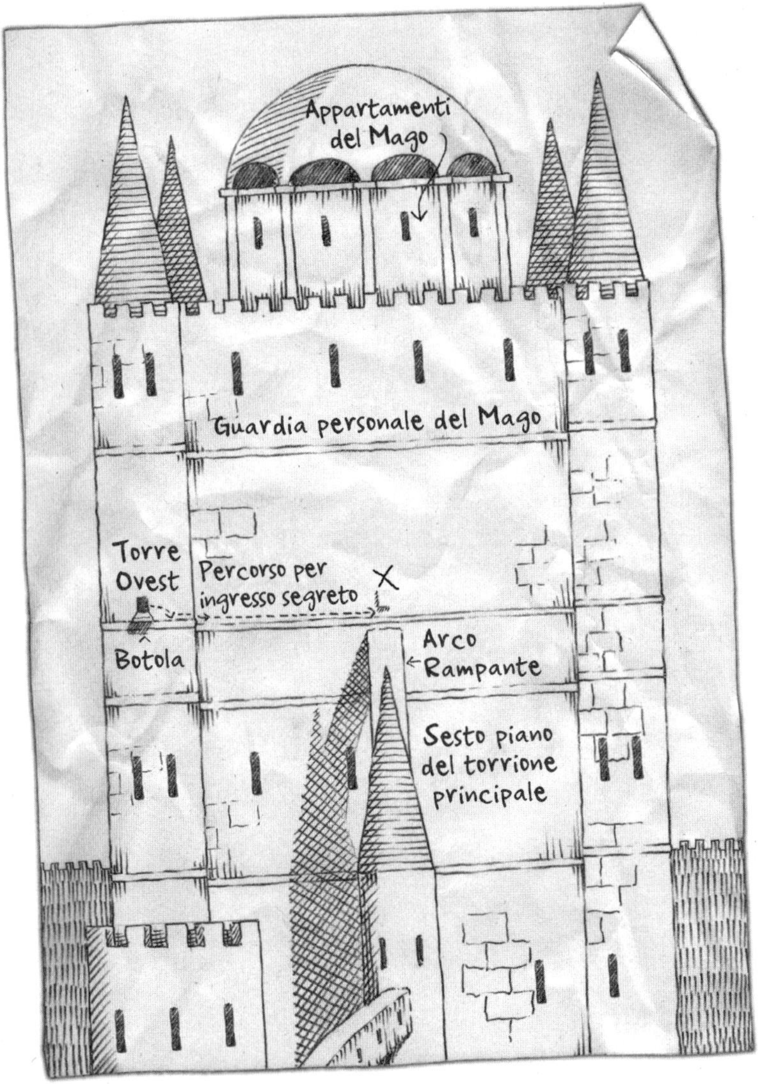

Appartamenti del Mago
Guardia personale del Mago
Torre Ovest
Percorso per ingresso segreto
X
Botola
Arco Rampante
Sesto piano del torrione principale

"È qui che devi andare: nella botola, poi seguire il cornicione ed entrare da una porta nascosta nella parete" disse Scheggia.

"Ma è lì che vive il Mago!" disse Billy, tremando di paura. "È come entrare nella tana del lupo!"

Scheggia annuì. "Non ho mai detto che sarebbe stato facile, Billy."

"Hai una mappa dell'interno?"

"Sarebbe impossibile. Vedi, quando si è lì dentro, nulla ha più senso!"

Billy era sul punto di fare altre domande, ma sentì dei passi strascicati provenire dal corridoio. Gli stregoni stavano tornando.

"Vai!" disse Scheggia con un rauco sussurro.

"Ma vogliamo tirarti fuori di qui" rispose Billy.

"Non c'è tempo, ma non ti preoccupare: puoi liberarci tutti! Ora vai. Sciò!"

Billy e Tom si nascosero dietro le colonne

proprio nell'istante in cui le guardie entrarono nella stanza.

"Ti abbiamo sentita" dissero con ferocia alla prigioniera. "Con chi stavi parlando?"

"Da sola, zucconi" ridacchiò Scheggia. "O pensavate che qualche fuggitivo fosse venuto a salvarmi? Ah ah ah!"

"Spostati. Dobbiamo perlustrare la cella."

Mentre gli stregoni aprivano la porta, Billy e Tom ritornarono nella stanza con la finestra senza vetri e si sporsero. I segugi non erano più nel cortile lì sotto e Billy vedeva alla sua sinistra il torrione centrale dove viveva il Mago.

Da qualche parte lì dentro poteva esserci un'arma in grado di liberare tutti.

"Che c-c-cosa pensi, Billy?" chiese Tom. "Ci credi a tutta quella storia della spada luminosa?"

"Non lo so, ma c'è solo un modo per scoprire la verità" rispose Billy, arrampicandosi sul davanzale. "Cercherò di trovare la spada."

"Non dovresti dirlo ai fuggitivi p-p-prima?"

"No. Non possiamo andarci tutti insieme. È compito mio. Ma prima ti indicherò la strada per il covo."

"N-n-non ci pensare nemmeno, Billy. Non ti lascerò andare da solo. E non discutere: s-s-siamo amici!" disse Tom.

"Grazie, Tom" rispose Billy. Sentiva una nuova sicurezza ed era deciso a trovare la spada. "Forza, andiamo!"

Un peloso uomo dell'ombra aspettava paziente in una stanza buia, in cima al torrione. Da sotto la porta si infiltrò una nebbia scura e silenziosa.

Cominciò a turbinare intorno all'uomo dell'ombra, sempre più veloce, finché non ruggì come un tornado. Con un rumore lacerante, come se qualcuno avesse staccato due enormi strisce di velcro, una piccola figura uscì piano piano, dolorosamente, dalla sostanza di cui era fatto l'uomo dell'ombra. Fu tirata finché, con un grido, non si accasciò a terra. Era Fantasmino!

La nebbia prese le minacciose sembianze del Mago che osservò il bambino con gli occhi socchiusi e sorrise.

"Bene, bene, bene: ecco un fuggitivo piagnucoloso" disse il Mago con un ghigno. "Ne ho abbastanza di te e dei tuoi amici. Non siete altro che fastidiosi parassiti che meritano di essere schiacciati. Dimmi dov'è il vostro nascondiglio, moccioso, o finirai male."

"Neanche per sogno!" rispose Fantasmino. Anche se tremava di paura, non avrebbe tradito i suoi amici!

"Oh povero ragazzino sciocco" disse il Mago, rimboccandosi le maniche e lanciando scintille dalle mani. "Pretendo che tu mi dica dov'è il nascondiglio!"

Nella mente di Fantasmino infuriò una tempesta di magia. Terrorizzato, il ragazzino scoppiò a piangere e raccontò tutto.

Poi fu riaccompagnato nella sua cella e il Mago si confuse di nuovo tra le tenebre e scivolò fuori dalla stanza. Era diretto alla cella di Scheggia, la vecchia prigioniera. Le streghe gli avevano riferito di averla sentita parlare con qualcuno, e il Mago voleva sapere che cosa stesse succedendo.

Tra tutti i prigionieri, lei era quella che teneva d'occhio più da vicino, perché sapeva dell'esistenza della spada e dove si trovava. Sì: avrebbe potuto sbarazzarsi facilmente di lei, ma non avrebbe mai rinunciato alla paura di un bambino della notte, nemmeno uno. Senza quel terrore, lui non sarebbe esistito e il suo regno sarebbe svanito nel nulla. Aveva bisogno che ciascuno di loro fosse vivo... e atterrito.

17

Billy sgattaiolò fino alla base del torrione e raggiunse l'ala ovest. Soffiava un forte vento e una spessa coltre di nuvole rendeva la notte più buia che mai. Ora era vicino agli appartamenti del Mago e si chiedeva se andarci fosse stata una buona idea, ma era determinato ad arrivare fino in fondo. Forse sarebbe stata la sua unica possibilità di tornare a casa.

"C-c-come si entra?" chiese Tom con un sussurro nervoso.

Billy scrollò le spalle. "Non ne ho idea" rispose.

Continuò a girare intorno alla torre e

nell'oscurità rischiò di non notare una porticina metallica. Era arrugginita e deformata dal tempo. Billy diede una spinta e con un cigolio la porta si aprì.

"Non ci credo" sussurrò, spingendola un po' di più. "Non è nemmeno chiusa a chiave!"

Appena entrato ci fu un gran trambusto: una miriade di topi correvano a nascondersi. Una torcia accesa proiettava una luce tremula su un pavimento pieno di rifiuti e rivelava una scala a chiocciola che si avvitava nelle tenebre. Billy prese la torcia dal suo sostegno e, guardando il suo amico con una smorfia nervosa, cominciò a salire. Tom lo seguì.

Più salivano, più si avvicinavano alle stanze private del Mago, e Billy sentiva l'aria crepitare di un terribile potere. Gli pizzicava la pelle, come se fosse percorsa da migliaia di formiche, ma si fece coraggio, tirò fuori il disegno di Scheggia e lo studiò alla luce della torcia.

"Un altro piano di scale e dovremmo

trovare la porta nella parete" sussurrò. Ora gli sembrava più difficile respirare, come se avesse avuto un peso sul petto. Arrivato sul pianerottolo, osservò la parete, cercando un ingresso tra i mattoni, ma non ne trovò traccia.

"Deve pur essere da qualche parte" disse, cominciando a preoccuparsi. Forse Scheggia aveva davvero perso la testa.

"N-n-non vedo niente" disse Tom, guardando a destra e a sinistra.

Billy fece il giro della torre dall'interno, scostando ragnatele e muschio. Quando ormai era sul punto di arrendersi, vide una piccola apertura tra i mattoni, come una cassetta delle lettere. Ci infilò una mano e sentì una catena metallica.

"Dev'essere qui!" disse. Afferrò la catena e tirò forte.

Ci fu un rumore sordo e nella parete si aprì piano piano una porta di pietra.

"Sì!" esclamò Billy, con gli occhi che brillavano di adrenalina. Si affacciò: oltre la soglia c'era uno strapiombo vertiginoso sui sentieri acciottolati sottostanti, ma alla sua sinistra c'era uno stretto cornicione che percorreva tutto il torrione, proprio come aveva detto Scheggia. Appoggiò al muro la torcia.

"Ci stai?" chiese Tom. "Sei sempre in tempo per tirarti indietro."

"N-n-n-no, resto con te" rispose Tom, ma sembrava nervoso quanto Billy.

Billy superò la soglia e mise i piedi sul cornicione. C'era vento, e la pioggia aveva reso la pietra scivolosa. Senza osare abbassare lo sguardo, Billy camminò piano piano finché non raggiunse una grande pietra che sporgeva leggermente rispetto alla parete.

"Questo dev'essere l'ingresso segreto" urlò,

cercando di sovrastare il rumore del vento.

Tom annuì, troppo terrorizzato per parlare.

Billy spinse la lastra e quella scorse su due guide di pietra. Entrò nella fessura e tese una mano all'amico.

"Grazie" ansimò Tom, tirando un sospiro di sollievo. Poi la lastra si chiuse silenziosamente alle spalle dei due bambini, che si ritrovarono nel buio più totale.

"Oh, davvero fantastico!" commentò Billy sarcasticamente. Non riusciva nemmeno a vedere la mano che teneva davanti agli occhi. Poi nell'oscurità apparve una luce fioca e gialla.

"C-c-che cos'è?"

La luce cominciò a crescere e a diffondersi. Faceva male agli occhi dopo tutto quel tempo al buio, e Billy dovette farsi schermo con la mano. ma piano piano si riabituò al bagliore e con un sussulto di sorpresa vide aprirsi davanti a sé campi sconfinati. Sembravano estendersi per miglia e miglia, fino all'orizzonte lontano,

fino a toccare il cielo chiaro e dorato.

Gli uccellini cinguettavano e un ruscello si snodava scintillante fra i boschi.

"Oh, wow! È f-f-fantastico" esclamò Tom.

"Incredibile!" esclamò Billy, crogiolandosi al calore del sole. Dopo il buio e l'umidità della fortezza era una sensazione magnifica: avrebbe voluto sdraiarsi e godersi i raggi dorati per sempre. Ma l'aria era carica di magia, come quella della stanza luminosa: lui e Tom erano ancora nel torrione e quella doveva essere soltanto un'illusione.

"Forza, dobbiamo andare" disse, rendendosi conto che da quel momento in poi avrebbero dovuto lottare contro gli incantesimi del Mago.

"Ma d-d-d-dove andiamo?" chiese Tom. "Ottima domanda" rispose Billy, ma mentre parlava sentì un rombo lontano e vide alzarsi all'orizzonte una montagna sottile e appuntita tra due colline coniche. Aveva la forma di un dito piegato.

"Dev'essere quella la direzione" disse entusiasta. "Guarda! Ci sta indicando la strada!" Forse era solo un gioco di luci, ma quel dito di roccia sembrava muoversi.

"N-non mi piace per niente..." disse Tom, spalancando i grandi occhi. "F-f-forse è una trappola."

"Può darsi, ma non so dove altro potremmo andare" disse Billy, mentre attraversavano una collinetta erbosa diretti alla montagna. Il sole splendeva, l'aria era fresca e limpida, e non c'era nulla di strano. E poi, in un istante, tutto cambiò.

La terra sotto i piedi di Billy si fece morbida e spugnosa, come un marshmallow.

"Che cosa succede?" gridò.

Stava sprofondando, e più si dimenava, più veniva risucchiato. Presto si ritrovò immerso in un fango appiccicoso fino alle ginocchia. Anche Tom stava sprofondando.

"*Era una trappola!*" gridò Tom. "Aiuto!"

“Qui!” urlò Billy. Dal terreno sporgeva una grande roccia e lui riuscì ad aggrapparcisi.

Tom fece lo sforzo di allungarsi, ma veniva trascinato sempre più giù. Poi l’aria cominciò a solidificarsi. Diventò densa come sciroppo, costringendo i due bambini a muoversi al rallentatore. Sembrava di essere in un brutto sogno.

“*A-a-aiuuutooo, B-B-Billyyy!*” urlò Tom, con la voce strascicata, come in una registrazione

distorta, ormai sepolto fino alla vita.

"*Non faaarti prendere dal paaanico*" rispose Billy, ma il terreno ribolliva e scoppiettava, e Tom fu inghiottito fino al petto.

Senza preoccuparsi della propria sicurezza, Billy tornò verso il pantano. Cominciò subito a sprofondare, ma si appigliò alla roccia. Tese l'altra mano a Tom e cominciò a tirare con tutte le sue forze: ebbe quasi paura che il suo amico potesse spezzarsi in due, ma piano piano riuscì a trascinarlo verso di sé. Così anche Tom riuscì ad aggrapparsi alla pietra

Billy era sommerso fino alla vita, ma con uno sforzo immane si girò e ritornò sulla roccia. Si alzò, afferrò le mani di Tom e lo trascinò verso di sé. In quel momento l'aria ritornò alla sua normale consistenza e poterono proseguire.

"Grazie, Billy" sospirò Tom, allo stremo delle forze.

Billy annuì e si accasciò sulla roccia,

prendendo fiato. Mentre si calmava, sentì un altro rumore: un gran ruggito.

"Che cos'è?" chiese, e mentre si metteva a sedere lanciò un grido di sorpresa. La terra molle e appiccicosa era diventata liquida e ora lui e Tom erano circondati dall'immenso mare in tempesta. "Attento!" gridò, mentre l'acqua si gonfiava sulle rocce trascinandolo al largo.

Billy ce la metteva tutta per rimanere a galla, e intanto si formava un'onda, sempre più grande. Si accorse di essere in cima alla

cresta: aveva lo stomaco sottosopra, come se fosse stato su gigantesche montagne russe.

"Tom!" gridò, cercando disperatamente il suo amico, mentre il cavallone lo trascinava con la forza di una valanga. Poi lo sbatté giù e lo fece sprofondare tra i flutti. Billy vedeva solo l'acqua verde e schiumosa: i suoi polmoni cominciarono a reclamare ossigeno. Facendo appello a tutte le sue forze, nuotò controcorrente verso la superficie.

Con un gran respiro tornò a galla e cercò

il suo amico. Tom era ancora stanco dal lavoro nei pozzi, prima che Billy lo salvasse, e ora si faceva trascinare inerme dalle onde. Billy lo avvolse con un braccio e cominciò a nuotare verso la riva lontana. Sentiva la forza svanire piano piano, ma non avrebbe mai abbandonato il suo migliore amico. Finalmente lo trascinò su una spiaggia sabbiosa e dorata.

"Mi hai salvato di nuovo" borbottò Tom.

"Non c'è problema" disse Billy, con la voce affannata, guardando il terreno assorbire l'acqua del mare, simile a una gigantesca spugna. All'improvviso i suoi vestiti si asciugarono e fu certo di essere vittima di un'illusione. Ma a ogni sfida si sentiva più affaticato.

"Guarda dove siamo finiti!" disse, con sollievo. All'incirca un chilometro più in là la montagna si ergeva come una gigantesca scheggia nera in mezzo a dolci colline di marzapane.

Il Mago era soddisfatto. Aveva estorto a Fantasmino e a Scheggia tutte le informazioni di cui aveva bisogno e aveva mandato una squadra di striscianti al covo dei fuggitivi. Aveva dato alle creature l'ordine di trascinare i bambini fuori dai loro letti e riportarli nelle celle, così che lui potesse alimentare di nuovo la loro paura.

Ora stava seduto con gli occhi chiusi, in attesa di notizie. Sentì bussare timidamente alla porta.

"Avanti"

Uno strisciante entrò nella stanza.

"Fatto?" chiese il Mago. "Li avete presi? Hanno urlato di paura?"

"Ssll, shhh, slup" rispose il famiglio.

"Bene" disse il Mago, e mentre una nuova energia si irradiava nel suo corpo la sua pelle bianca scintillò. "Ora ascolta, ascoltami bene. Di' agli acchiappatori di radunare tutti i bambini – proprio tutti – e di portarli al campo di gioco. Mi aspetteranno lì e 5126 avrà una lezione memorabile. Nessuno oserà più sfidarmi e ci sbarazzeremo dei fuggitivi una volta per tutte!"

Lo strisciante sghignazzò con il muco che gli colava dalle narici, e corse fuori dalla stanza. Avvolgendosi addosso il mantello con un gesto solenne, il Mago svanì in una nebbia scura e sprofondò tra le assi del pavimento.

18

Billy era di fronte alla grande montagna a forma di dito piegato. In mezzo si apriva una caverna buia, cui si arrivava tramite un sentiero. Dalla sua bocca aperta soffiava un vento freddo.

"Non d-d-dirmi che dobbiamo entrare nella montagna" disse Tom, con la faccia di un grigio pallido e i lineamenti tesi. "Sono ancora convinto che sia una trappola."

"Lo so, ma se vogliamo trovare la spada, dobbiamo andare avanti" disse Billy con un sorriso preoccupato. "Aspetta un attimo."

Camminò cauto fino all'ingresso e, dopo

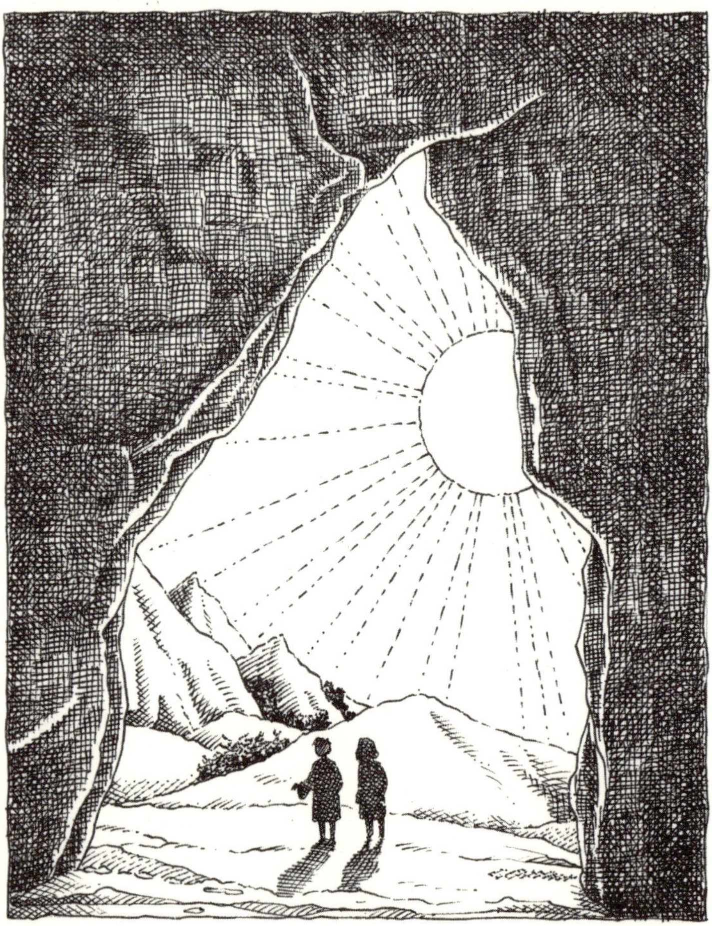

un attimo di esitazione, entrò.

Dalla roccia proveniva un leggero mormorio e dalla bocca della caverna usciva uno spiraglio di luce. Billy restò in attesa che succedesse qualcosa, ma il raggio di sole si spense e si creò il silenzio.

"Vieni, è tutto a posto" disse con un sospiro di sollievo. Ma quando Tom cercò di seguirlo non ci riuscì. All'ingresso si era formata una parete di roccia trasparente, e Billy rimase impotente di fronte all'amico che ci batteva contro i pugni. Tom urlava, ma Billy non riusciva a sentire una parola. Poi dal nulla apparve un segugio mannaro che si lanciò contro il ragazzino.

"Attento!" gridò Billy, ma il suo amico non riusciva a sentirlo e il segugio lo sorprese alle spalle. La parete trasparente cominciò a scurirsi e piano piano Tom scomparve dalla sua vista, dimenandosi tra le zampe del mostro.

"Tom!" urlò di nuovo Billy, ma ormai si ritrovava intrappolato nella montagna e non lo vedeva più.

Gli cedettero le ginocchia e si accasciò a terra. Si sentiva solo e abbandonato, e terribilmente in colpa per Tom: non avrebbe mai dovuto permettergli di accompagnarlo in quella pericolosa missione. Le lacrime cominciarono a rigargli le guance, ma una leggera vibrazione nella tasca dei pantaloni gli ricordò la sua ricerca. Si fece coraggio e si asciugò il viso.

"Non devi arrenderti proprio ora. No." si disse con determinazione, mentre si alzava.

Anche se nella caverna faceva buio, riusciva in qualche modo a vedere con chiarezza. Era come l'interno di una grande cattedrale scura che si apriva all'interno della montagna. Lungo le pareti c'erano imponenti colonne di roccia che si innalzavano fino al maestoso soffitto a volta. In fondo alla grotta, illuminato da un raggio di sole, c'era un grande blocco di roccia. Sembrava un'enorme tomba di un cimitero vittoriano. L'orologio da taschino cominciò a vibrare sempre più forte.

"Dev'essere questa la pietra di cui parlava Scheggia!" disse Billy tra sé e sé, e si avvicinò. Si sentiva piccolo e indifeso nel grande silenzio della caverna. Quando all'improvviso sentì un fruscio si fermò di scatto. Gli sembrò di scorgere con la coda dell'occhio una voluta di fumo scuro, quindi si girò di scatto. Si guardò intorno, ma non c'era niente.

"Me lo sono immaginato" pensò, con il cuore che gli batteva all'impazzata, e proseguì.

Il blocco di pietra era gigantesco, più alto di Billy di almeno una spanna. Sopra c'era una grande lastra di granito lucido.

Tremando per l'agitazione, ci salì sopra. Lì trovò l'incisione descritta da Scheggia: una spada. Billy era certo che all'interno fosse nascosta la vera spada, perché l'aria era carica di energia e il suo orologio da taschino vibrava come una sveglia.

Studiò la lastra di granito alla ricerca di un gancio o di una serratura. Doveva pur esserci un modo per aprire il sepolcro: ma quale? Poi notò un sole, appena sotto l'immagine della spada. Era in rilievo, come un pulsante, e Billy lo premette con il pollice. Non si mosse.

"NO!" gridò Billy. Era arrivato fino a lì per niente? Disperato, si abbandonò sulla lastra con tutto il suo peso. Ci fu un clic e in mezzo alla pietra si aprì uno sportello. Al centro, in

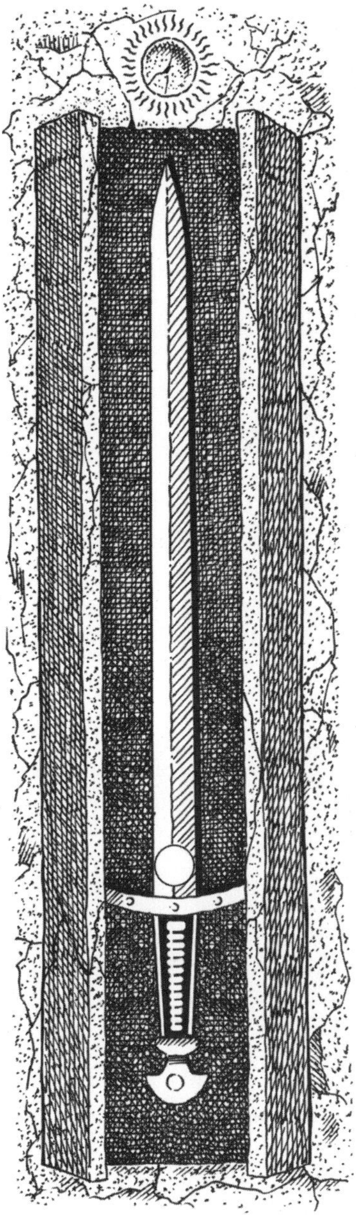

una cavità, c'era la spada leggendaria!

"WOW!" esclamò.

Era più lunga di Billy e la lama, di un metallo grigio e opaco, emanava deboli lampi di luce.

Sull'elsa erano stati incastonati lapislazzuli ed era inciso un motivo dorato di soli.

Il disegno era proprio come quello sul retro dell'orologio di Billy, e lui era certo che non fosse un caso.

Entusiasta, si chinò e afferrò con la mano l'elsa massiccia.

"Hai trovato quello

che cercavi?" chiese una voce vellutata.

Billy si voltò. Dietro di lui c'era la figura terrificante del Mago. Alto più di tre metri, magrissimo e vestito di nero dalla testa ai piedi.

Aveva il viso bianco come un lenzuolo, un piccolo naso adunco e una lurida barba lunga. I suoi occhi erano scavati e neri come la pece.

Billy era così sconvolto che rimase impietrito.

"Be', ecco la spada: prendila e tenta la sorte" disse sottovoce il Mago cadaverico. Ma Billy non si mosse, e lui si infuriò: "Prendi quella spada" ringhiò, con i tendini del collo che sporgevano come cavi.

Atterrito, Billy obbedì, deciso a battersi. Sollevò la spada di qualche centimetro e la agitò sopra la testa. Era così pesante che lo fece cadere all'indietro: si ritrovò sul pavimento, e la spada atterrò vicino a lui con un gran fracasso. Guardò il mago con gli occhi pieni di terrore.

"Come ha fatto un verme come te a resistere alla mia magia?" lo derise il Mago. "Be', mio piccolo mocciosetto tremante, d'ora in poi le cose cambieranno."

Tracciò con il braccio un grande arco e la caverna cominciò a sciogliersi intorno a lui, come un dipinto sotto la pioggia. Billy si ritrovò su una grande terrazza, sopra i cortili della fortezza. Intorno c'era un muretto vicino al quale erano state riunite centinaia di spaventati bambini della notte. Ce n'erano anche sui tetti vicini, sotto lo sguardo vigile di acchiappatori e striscianti, segugi mannari e uomini dell'ombra, assorti nella contemplazione della figura maestosa del loro signore.

"Chi sei tu?" chiese Billy con una vocina terrorizzata.

Il Mago si chinò e avvicinò il suo viso bianchissimo a quello di Billy. "Sono il tuo incubo peggiore, ragazzino" sibilò. "Sono l'incubo peggiore di chiunque."

Poi il mago si alzò in tutta la sua imponenza e tese le braccia.

"Sono il tonfo nella notte che ti sveglia di soprassalto, lo scricchiolio dei demoni della

notte sulla tua finestra" ruggì, e le sue parole risuonarono nel cielo. "Sono il ragno grosso e peloso che nei sogni ti zampetta sulla faccia, e il serpente a sonagli che ti striscia sotto il letto per inghiottirti mentre dormi. Sono la notte stessa: sono il tuo terrore, 5126!"

Billy tremò di paura. Non aveva nessuna possibilità di sconfiggere il mago il quel momento. Aveva fallito.

19

L'aria era elettrica. Le guardie del Mago non seppero trattenersi e cominciarono a ululare e guaire in attesa dello scontro finale. Il loro chiasso riempiva la testa di Billy e gli toglieva la concentrazione.

Quando la confusione arrivò all'apice, il Mago alzò una mano e tutte le creature si zittirono all'improvviso.

"Portateli qui" disse, e un segugio mannaro fece avvicinare un gruppetto di bambini della notte. Billy ebbe un sussulto: erano i fuggitivi. Erano stati catturati anche loro. Poi uno dei mostri avanzò di un passo facendo cadere a terra Tom, atterrito. Il Mago cominciò a girare intorno a Billy, come una tigre che sta per lanciarsi sulla preda.

"Guardate bene il vostro amico" disse ai fuggitivi con un ghigno. "Ammirate il patetico moccioso che credeva di potervi salvare."

I fuggitivi non osarono dire niente, ma continuarono a fissare Billy con i loro grandi occhi terrorizzati. Lui si sentì indifeso e umiliato.

"Pensava di salvarvi tutti" urlò il Mago, indicando con un ampio gesto del braccio la folla di bambini tutto intorno alla terrazza. "Dice di ricordarsi un'altra casa, ma è impossibile: è *questa* la sua casa. Dice di avere un nome diverso dal numero che gli ho dato."

Il mago si chinò e avvicinò la faccia a quella di Billy. Aveva il respiro gelido, come l'aria di un'umida cantina, e puzzava di foglie marce. A Billy venne la pelle d'oca.

"Allora, qual è il tuo nome speciale, ragazzo?" chiese.

Billy aveva troppa paura per parlare. Guardò gli amici in cerca di aiuto. Saetta ricambiò con occhi pieni di speranza, ma nella mente di Billy c'era il vuoto completo.

"Dicci come ti chiami" sbraitò il Mago, ma Billy non seppe fare altro che elencare una serie di numeri.

"Sono 5126!" disse.

"Ancora. Non ti sentiamo!" gridò il Mago trionfante.

"Sono 5126" disse Billy con un forte singhiozzo, sentendosi ormai definitivamente sconfitto. "Il mio nome è 5126!"

20

Il Mago schioccò le dita e da una porta uscì un segugio mannaro che si trascinava dietro la spada. L'arma era così pesante che il mostro faceva fatica a sollevarla, e alla fine la fece cadere con un gran rumore ai piedi di Billy. Billy sentì i fuggitivi sussultare: dovevano essersi resi conto che l'arma di cui avevano letto nel diario esisteva davvero.

"Questa è la spada prodigiosa che secondo la leggenda può distruggermi. *Me*, il creatore di tutto questo mondo, sconfitto da una lama arrugginita!" ruggì il Mago, mentre il suo potere cresceva ancora di più, alimentato dal terrore della folla di bambini della notte.

"Bene, prendi di nuovo la tua spada, 5126. Sollevala e fai del tuo peggio!"

Umiliato di fronte agli amici, Billy fissava il pavimento e avrebbe voluto che lo inghiottisse. Sapeva di averli delusi. Tutte le sue speranze di tornare a casa erano svanite e ora la sua convinzione di poter distruggere il Mago sembrava dettata dall'arroganza. Le facce di mamma e papà erano ormai macchie sfuocate nel suo ricordo.

Ma l'orologio nella sua tasca era diventato di nuovo caldo, tanto da bruciargli la coscia. Billy sapeva che era importante, ma spaventato com'era, si era scordato perché. Poi osservò la spada sul pavimento e notò un piccolo solco appena sopra l'elsa.

Dagli abissi della sua mente confusa, Billy si ricordò di quello che aveva letto nella nota del Mago: scagliando a terra la spada, qualcosa si era staccato e la lama aveva perso energia.

All'improvviso, capì chiaramente qual era il pezzo mancante.

Billy infilò la mano in tasca e staccò il retro dell'orologio con le incisioni. Si chinò e lo infilò nel solco in fondo alla lama. Il pezzo di metallo si incastrò perfettamente e con un clic la spada cominciò a splendere di una luce pura e intensa.

Billy la sollevò senza fatica: era leggera come una piuma.

"Grande!" gridò Genio dal gruppetto di fuggitivi, mentre un brivido di adrenalina attraversava tutta la folla di bambini della notte.

"No!" protestò il Mago con voce debole e roca.

"Dove l'hai trovato?"

All'improvviso Billy si ricordò limpidamente *ogni cosa*: papà gli aveva dato l'orologio che l'avrebbe protetto. Non appena ebbe chiaro questo, gli ritornò alla mente tutto il resto. Si sentì sicuro e coraggioso come non mai.

"Mi chiamo Billy Jones e questa non è casa mia" disse, facendo roteare la spada sopra la testa come un guerriero navigato.

Il Mago ruggì furioso.

"Sì, ti chiami Billy!" gridò Saetta.

"Forza, Billy, ce la puoi fare" lo incoraggiò Tom.

Alcuni fuggitivi cominciarono a scandire, inizialmente a bassa voce, poi sempre più forte: "Bil-ly, Bil-ly, Bil-ly!"

"Silenzio!" urlò il Mago, e nonostante i ringhi dei suoi famigli, tutti i bambini della notte si unirono al coro.

"BIL-LY, BIL-LY, BIL-LY!"

SHHH! All'improvviso il Mago lanciò un

attacco e il tifo si spense. Fece apparire in cielo una sfera elettrica, ma d'istinto Billy la colpì con la spada. Quel gesto fu naturale, come un'abitudine, e la palla di energia crepitante rimbalzò contro il pavimento. Carico di nuova potenza Billy attaccò il mago, urlando con tutto il fiato che aveva in gola e agitando la spada verso di lui. Quando videro il Mago fare un passo indietro i fuggitivi rimasero a bocca aperta. Aveva l'aria spaventata, e i bambini ricominciarono ad acclamare tutti insieme il loro amico.

"BIL-LY, BIL-LY, BIL-LY!"

Il Mago sferrò un colpo con il suo bastone di ebano, ma con la spada Billy tagliò un pezzo di stoffa dal suo mantello nero svolazzante. Il brandello fu portato via dal vento come un vecchio corvo e il Mago sembrò indebolito.

Billy sferrò un altro attacco, e di nuovo il Mago rispose. Man mano che Billy acquisiva fiducia, il suo avversario si faceva sempre più fragile. Era sull'orlo della sconfitta e, disperato, lanciò un fulmine che crepitò verso Billy. Colpì la spada e gliela fece volare via dalle mani: l'arma fu sbalzata oltre il parapetto e cadde a terra. Billy rimase paralizzato dal terrore.

"Ah! Povero sciocco!" esclamò il Mago. "Nemmeno con la spada riesci a battermi. SONO INVINCIBILE. Ora torna nella tua cella, patetico dilettante: tornate tutti nelle vostre celle. Il divertimento finisce qui."

Nonostante avesse perso la spada leggendaria, Billy si sentiva ancora pieno di fiducia in sé stesso. Sapeva di non poter tornare indietro: qualsiasi cosa fosse successa ora avrebbe determinato il suo futuro. Si sarebbe fatto guidare dalla paura o si sarebbe alzato, con o senza spada?

"Non ho paura di te!" urlò.

Tutti, bambini della notte, fuggitivi e mostri, trattennero il respiro in attesa della mossa successiva. Quel silenzio sembrò durare secoli.

Poi il Mago cominciò a ruggire come il vento. La sua pelle luccicava di magia: diventò sempre più grande, fino a sovrastare la folla, e il suo corpo si espandeva come un lenzuolo di oscurità punteggiato di stelle e pianeti rotanti.

"Sono la notte!" tuonò il Mago. "Vi inchinerete tutti ai miei piedi."

Allora i bambini cominciarono a urlare e i famigli a tremare: i lembi del mantello del Mago si gonfiavano e crepitavano, mentre un uragano si abbatteva sul tetto. Per poco la bufera non sollevò Billy, ma lui riuscì a resistere. Poi il Mago gli si avvicinò e lo avvolse nel suo manto di tenebre in un abbraccio asfissiante.

Billy cercò di prendere fiato. Si sentiva soffocare, ma non si sarebbe arreso. Nella sua mente si formò l'immagine cristallina del padre.

Ricorda, Billy: non c'è paura così grande

da non poter essere superata, aveva detto, e ora Billy si sentiva improvvisamente calmo e nel pieno delle sue facoltà.

La tempesta si fece più chiassosa e feroce. Sembrava che il cielo fosse sul punto di crollare, ma Billy non perse la forza.

"NON HO PAURA!"

CRAC! Ci fu un fulmine esplosivo… e poi il silenzio. Il silenzio totale.

La tempesta era cessata e il Mago era rimasto in mezzo alla terrazza e sembrava fragile come una piuma e avvizzito come una mela marcia. Non aveva più nessun potere.

Billy si girò verso la folla di bambini e mostri. Tremavano tutti come foglie.

"Non ho paura di te!" urlò di nuovo, e gli striscianti, che fino a quel momento avevano abitato i suoi incubi peggiori, sibilarono e squittirono fino a sciogliersi in una pozza gelatinosa che si dissolse nell'acqua piovana e scivolò nei tombini.

Saetta fece un passo avanti, incoraggiata da Billy.

"Non ho paura!" gridò.

A quel punto il suo incubo peggiore, i giganteschi uomini dell'ombra dal collo taurino, evaporarono nel cielo, muggendo come tori al macello. Il mago rimase a guardare impotente e presto i mostri scomparvero.

"Non abbiamo paura!" gridarono gli altri fuggitivi. Anche i bambini notturni che avevano perso ogni ricordo di casa ripeterono: "Non abbiamo paura; non abbiamo paura."

Uno per uno i terrori dei bambini si dissolsero: i segugi mannari e gli acchiappatori, gli annusatori, le streghe e gli stregoni. Presto non rimase nessun incubo. Soltanto il mago tremante.

"NON ABBIAMO PAURA!" tuonarono folle di bambini della notte.

"Aaargh!" fece il Mago. Sembrava il grido di un'anima smarrita: il signore delle tenebre cominciò a raggrinzirsi, a contorcersi e a diventare sempre più piccolo.

Si ridusse alle dimensioni di una larva brulicante, fece una scintilla e si spense. Presto di lui non restò che una striscia bruciacchiata sul pavimento.

Billy si precipitò nel punto in cui prima

c'era il suo avversario, preoccupato che potesse rimanere qualcosa di lui, ma non trovò niente. Nemmeno un briciolo di cenere.

"È finita!" sussurrò tra sé e sé, e sorrise.

21

I bambini della notte si riunirono intorno a Billy. Avevano l'aria frastornata, come se facessero fatica a credere a quanto avevano appena visto. Anche Billy si sentiva un po' stordito. Poi si riscosse: *aveva sconfitto il Mago!*

"Billy, sto cambiando" disse una voce, e Saetta fece un passo avanti, alzando la mano perché tutti potessero vederla. La sua pelle stava riacquistando colore e i suoi occhi spalancati erano tornati alla loro forma normale.

"E mi ricordo il mio nome!" disse,

emozionata. “Io mi chiamo Abi!”

“Io mi chiamo Joe” disse Genio. Anche lui stava riprendendo le sue normali sembianze. “Mi ricordo dov’è casa mia!”

“Mi r-r-ricordo tutto” urlò Tom con un gran sorriso.

“Ce l’hai fatta, Billy!” si congratulo Scheggia, facendo un passo avanti. “L’avevo detto io.” La sua faccia rugosa diventò liscia come se gli anni passati nell’oscurità fossero scivolati via: l’unica cosa di lei che rimase immutata fu la scintilla che aveva negli occhi.

“Ehi, guardate!” gridò Billy, indicando il cielo notturno.

All’orizzonte si stava alzando una palla infuocata che riempì il cielo di luce dorata.

Uno dopo l’altro i bambini della notte tornarono come erano prima di essere rinchiusi nella fortezza e Billy riconobbe molti dei suoi compagni di scuola. Altri non li conosceva, alcuni indossavano vecchie felpe e pantaloni di molti anni prima.

Non immaginavo che così tanti bambini avessero paura del buio, pensò.

Poi, mentre il sole si alzava nel cielo, la fortezza cominciò a crollare sotto i loro piedi.

"Oh oh. Mi sa che è ora di tornare a casa!" disse Billy. "Forza, andiamocene di qui!"

Tutti i bambini, centinaia e centinaia, corsero verso le porte e giù dalle scale. Mentre uscivano dalle stanze vuote grandi crepe a zigzag si allungavano sulle pareti. I soffitti cominciarono a sgretolarsi e a cadere.

"Veloci" gridò Billy. "Sta crollando tutto!" Si precipitò fuori dal torrione e lungo i sentieri e i cortili. Accanto a un vialetto vide la spada e corse a prenderla.

"Lasciala lì, Billy" urlò Tom. "È troppo p-p-pericoloso."

Ma Billy non avrebbe mai abbandonato il retro dell'orologio del nonno. Si chinò, lo tolse dalla lama della spada e lo riattaccò

all'orologio. Poi corse via, proprio mentre un'arcata crollava seppellendo l'arma leggendaria sotto un cumulo di macerie. Si fiondò fuori dal cancello principale e arrivò nelle strade della città.

Nell'aria si sentì un potente ruggito e tutti si girarono a guardare le torri della fortezza cedere e il grande torrione del Mago sbriciolarsi. La terrà tremò come se fosse la fine del mondo, e una nuvola di polvere soffocante si disperse in tutta la città.

Tra un colpo di tosse e l'altro, Billy sbirciò oltre la nube. La fortezza ormai non era altro che una montagna di detriti. Lui salì su un mucchietto di pietre e si rivolse ai suoi compagni.

"È ora di tornare a casa" gridò.

"Come?" chiese una voce nella folla. "Dove andiamo?"

"Vi ricordate dove eravate prima di arrivare qui?"

"Sì, vicino al panificio" rispose Joe.

"Io sono arrivata passando sotto il ponte del canale" disse Abi.

Uno per uno i bambini cominciarono a ricordare, e cominciarono a parlare tutti contemporaneamente.

"Tornate in quel posto, ovunque sia" urlò Billy sopra il loro vociare. "Ritornate sui vostri passi e sono certo che vi ritroverete a casa."

Subito i bambini si sparpagliarono in tutte le direzioni, correndo per le vie della città, pieni di gioia.

Abi si avvicinò a Billy e gli stampò un bacio sulla guancia.

"Ciao, Billy, grazie di tutto" disse, con uno sguardo preoccupato. "Ma cosa succederà quando saremo a casa? Io sono lontana da un'eternità. Scheggia è rimasta rinchiusa per anni. Le nostre mamme, papà e famigliari saranno vecchi? Si ricorderanno di noi? Riusciremo a tornare tutti alla stessa epoca?"

"Mi dispiace, non lo so" rispose Billy. Anche lui era tormentato. "Qualsiasi posto sarà meglio di questa fortezza maledetta, però, giusto?"

“Sì, vorrei solo che potessimo tornare a casa tutti insieme, sai” disse con un sorriso. “Essere amici anche nella vita reale.

Poi lei e Genio, cioè Joe, e Fantasmino, cioè Freddie, e Fuliggine, che era Fuliggine anche nella vita reale, si salutarono.

“E tu, Tom?” chiese Billy quando rimasero soli.

“Io s-sono arrivato qui seguendo q-q-quel gatto vicino al pa-parco” disse Tom. “È lì che dovrei andare.”

“Ci vediamo presto” disse Billy, e i due amici si separarono. *Spero che funzioni*, si disse Billy.

Le strade erano deserte e spettrali, ma i raggi del sole cominciavano a filtrare dalla nube di polvere che avvolgeva la città.

Billy corse verso casa e cercò con cautela di aprire la porta. La chiave girò nella serratura e lui entrò. Ma sembrava ancora che non ci fosse nessuno e sul pavimento c’era ancora qualche piuma di taccola. Ebbe un tuffo al cuore. Non era cambiato nulla.

Guardò oltre la vetrata. Era una splendida giornata di sole, ma le strade erano ancora vuote e silenziose, e gli occhi gli si riempirono di lacrime. Ma poi sulla strada rombò il motore di un'auto e comparve una coppia che spingeva un passeggino in fondo al vialetto. Billy corse alla porta, si fiondò al cancello e uscì nella strada affollata. Tutto sembrava tornato alla normalità: ma era davvero così? Dov'era mamma?

Pieno di inquietudine, ritornò dentro casa. In cucina aleggiava un delizioso profumo. Quando socchiuse la porta con cautela, vide mamma intenta a preparare la cena, come se nulla fosse successo. Fu invaso da un sentimento di gioia, come un'onda gigantesca.

Billy controllò l'orologio da taschino. Ticchettava allegro, e segnava le cinque e mezzo: ma le cinque e mezzo di che giorno?

Come avrebbe spiegato a mamma e papà il fatto di essere stato lontano per così tanto tempo?

Entrò chiassosamente in cucina, e mamma alzò lo sguardo un po' accigliata. "Sei in ritardo" disse. "Cominciavo a preoccuparmi. Che diavolo..." ma non completò la frase, perché Billy le corse incontro e la abbracciò fortissimo.

"Che giorno è, mamma?" chiese, un po' nervoso.

"Venerdì, no? Sciocchino!"

Quindi non era passato neanche un giorno per le persone a casa: doveva valere lo stesso per tutti gli altri bambini della notte, e Billy ebbe la certezza che fossero tornati sani e salvi dalle loro famiglie. Ovunque e in qualunque epoca si trovassero.

"Scusa, mamma..." disse. "Avevo perso la cognizione del tempo."

La madre di Billy fu così sorpresa da

quello slancio di affetto che smise di essere arrabbiata. “Non importa. Non è successo niente” disse, dandogli un bacio sulla fronte.

Billy salì le scale fino alla sua stanza, crollò sul letto e pensò a tutto quello che era successo.

Sapeva che presto il sole sarebbe tramontato e l’oscurità avrebbe invaso il mondo, e sapeva che qualche ramo avrebbe potuto graffiare i vetri della sua finestra e che nel buio sarebbero risuonati strani rumori, ma non aveva più paura. Aveva sfidato il Mago e aveva vinto.

E il giorno dopo sarebbe andato da Tom a festeggiare il suo compleanno, e sarebbe rimasto a dormire da lui.

Billy tirò fuori dalla tasca l'orologio e lo osservò. Papà aveva ragione. Quello era davvero un talismano e l'aveva protetto dai terribili incantesimi del Regno della Notte. Pulì una traccia di sporco dalla spada incisa sul coperchio e mise l'orologio al sicuro sotto il cuscino.

Poi scese in salotto per cena.